災難預言事務所

台灣即將沉沒!?
透過媒體網路肆意蔓延開來恐慌的預言，
人心惶惶尚未平歇，大地開始山搖地動，
遠方冒出一道火柱，休眠火山徹底爆發……

林庭毅——著

推薦序

一部屬於臺灣在地的災難小說

文／臺灣防災產業協會秘書長、地質學家
黃少薇

『可以請你分享一下，經歷這場地震後的心情嗎？』

沉默半晌，他在鏡頭前緩緩說出：「我覺得我沒有經歷。一切發生得太快，當下我只知道在搖，然後就倒了。『經歷』會讓人以爲發生時間很久，但其實倒塌只有一瞬間……沒有意識到剛剛發生什麼事，一直到爬出來才知道是地震，整棟房子都倒了；跌下床後，只能盡其所能找空隙爬，就是想辦法找路，終於看到一個洞口，旁邊環繞的鐵絲像蜘蛛網，外面是黝暗的天空……我是第一個爬出來的，到處都是叫救命的聲音，可是我無能爲力……空氣中是濃濃的瓦斯味，還有一處正在冒火，不知道接下來會怎樣，會不會爆炸？……我的眼鏡一開始就不見了，手腳被碎片劃傷滿滿的血，可是當下不感覺痛；天色亮起來，才發現原本的家園成了一片廢墟……」，林大哥靜靜描述美濃地震的回憶景況，憶及傷痛處仍要深呼吸多次才能再繼續。

二〇一六年二月六日凌晨三點五十七分發生芮氏規模6.6的地震，震央在高雄美濃，最大震度在台南新化爲7級，因爲土壤液化加上結構不佳，維冠大樓瞬間倒塌粉碎，共奪走一百一十五名住戶的生命，其中包括林大哥熱愛音樂及夢想開咖啡廳的兒子。失去摯愛，傷痛心情難忍，他認爲自己完全喪失活下去的動力，然而生命有其韌性，閃閃淚光中瞥見女兒身影，「我還有女兒和太太，我得振作起來，連兒子的份一起好好活下去。」既然無法回到過去改變那一天，那就用另一種方式活下去。於是，大半輩子與印刷技術爲伍的林大哥和妻子挽起袖子，開始學習烘焙和咖啡知識，採用最好食材做出美味又健康的戚風蛋糕，並選在維冠後方以兒子之名開了一間咖啡輕食小店，讓思念親友的老鄰居及好友們能來此緬懷憶舊或宣洩傷痛。他自己也重拾攝影興趣，盡量讓自己不陷入悲傷情境，艱難但一步步地度過最痛苦的時期，「想哭的時候還是會哭，哭不代表不堅強，生活還是要繼續，我用這家店來延續他的生命。」這家咖啡店之於林大哥，就像三一一地震過後，日本那位每月潛水搜索、次數已接近五百次，年復一年尋找女兒遺體的父親，他說：「我知道機會渺茫，但找回她，是爲人父母的責任，我們不想忘記她。」愛如此短暫，而遺忘太長，長到我們必須緊緊抓住流逝的記憶。但或許，將記憶以蛋糕和書寫的形式轉化傳遞，是逝者的另一種轉生。

地震、颱風、土石流、乾旱或水災，幾乎是臺灣人耳熟能詳的日常，在世界銀行的評估報告中，臺灣同時暴露在三種以上災害的土地及人口比例超過七成，是世界之冠。雖然這時很想跟大家說「塊陶啊」，但很抱歉，我們暫時還沒有火星可以回去。更何況對年輕一輩的人來說，九二一地震已經是一個遙遠生疏的名詞，無法想像它曾奪走二千四百多人的性命，經濟損失超過三千億台幣，那晚埔里酒廠烈焰沖天，燒紅半個天邊，在許多災民心中留下難以磨滅的恐怖印象。另一名身處中寮重災區的小夜老師回憶，當時是高中生的她緊張慌亂中只帶出小棉被和一枝筆，在清晨冷風中瑟瑟發抖，問她爲何帶筆？「我也不知道，可能是隔天學校要考試，太緊張，沒有多想就帶出來了。」她苦澀描述，有些人即使獲救，但承受不住失去親人和財產的悲傷，最後仍選擇自殺離去。因此，災民心理狀態也是災後重建復原的重要面向。發生地震當年，我正就讀地質系，原是親友笑稱「看風水」的冷僻科系，瞬間成了到處調查勘災的熱門顯學，九二一地震之後開啓的科研調查，也爲臺灣地震科學研究奠基出一個輝煌年代。但隨著災害記憶的湮滅，不管是醫療救災體系的技術傳承，還是民眾對災害風險的識覺，都已進入需殷殷提醒的階段，因爲據臺灣地震模型研究團隊製作的「發震機率圖」，指出臺灣未來五十年發生規模大於6.5地震的機率為99%，規模7.0以上地震的機率也超過五成。簡單來說，每個人一生之中幾乎會遇到一至二次的災害性地震，我們沒有僥倖的本錢，唯有平時做好準備，災害來臨時才不狼狽。巨災重擊之下，也促使政府訂定每年的九月二十一日為「國家防災日」，以提醒民眾保持警醒、關注防災。

今年，其實也是日本關東地震一百週年紀念。一九二三年的九月一日近午時分，關東地區發生規模7.9的大地震，天搖地動造成建築大量崩壞，又因家家戶戶正在炊煮午飯，火勢蔓延一發不可收拾，加上水管破漏、沒有足夠水源可以救火，倒塌延燒的木造房屋又阻塞了原本就狹小的巷道，阻礙消防車和救護車通行，不巧又遇上颱風逼近助長火勢，於是這場地震引發的大火燒了數天數夜，造成十萬人以上死亡，使東京和橫濱地區幾乎呈現毀滅狀態。此也促使日本政府重新規劃都市的道路幹線、建設防災避難公園、訂定嚴格的建物防火耐震標準，啟動日本建立現代都市的開端。

身為地球科學研究和防災從業人員，戮力推廣防減災觀念的這些年來，雖然懷抱希望但也不免羨慕日本蓬勃發展的防災網絡，不僅政府在交通節點設有大型儲備倉庫可提供災民物資（包括外籍人士和老弱婦孺的特殊需求），企業更是定期舉辦防災演練以確保受災後能持續營運，特別有趣的是日本隨處可見的販賣機還有「災害對應型」，只要發生震度5強以上的地震或有大雨警報需要疏散避難時，販賣機就會自動解鎖，通通免費，提供給民眾使用。影藝界更是針對各種災害情境，拍出震撼人心或細膩溫暖的影劇作品，例如《日本沉沒》、《核災日月》、《生存家族》等叫好叫座的影集，看著劇中情節高潮起伏，以精緻動畫重現深海調查的精采與危險，或描繪民眾揹起避難包撤離、拿著避難地圖尋求生存之道……這些影像迅速召喚觀影者的共感：「如果沒有電，我的生活將會＿＿＿＿＿」，進而著手開始準備，而這正是自主防災的本意啊。鏡頭前的我不禁陷入思考，日本擅長以電影或漫畫小說的方式將艱澀語彙轉化成民眾易懂的語言，那我們呢？軍事政治或職人劇都有廣大閱聽市場，但在樂觀爆棚的臺灣人心中，要怎樣才能植入防災意識而不淪為讓人昏睡的教條呢？或許是上天垂憐吧，某日當我向庭毅宣傳「防災教」時（當時盤算是，代表臺灣ＩＰ之一出席釜山影展的庭毅是我心中超級新星，心想若有他的健筆加持，應該強過我徒呼負負「防災很重要」的演講一百回），沒想到此次宣教意外觸動他的靈感，他說他也正構思一部屬於臺灣在地的災難小說！就這樣，防災信徒，＋１。

幾次討論交流後，終於收到這本專屬臺灣的災難主題奇幻小說，讀完激動難抑。對自己寫作節奏頗苛刻的庭毅，以他醫療科學背景遍搜各類文獻，他不僅是個勤懇用功的小說家，還帶有令人嫉妒的天賦，各種可能發生的災害情境在他筆下信手拈來，堪比偵探小說的情節完全騙倒我這個自詡鷹眼又洞悉人情的吹毛求疵處女座讀者，本來以爲自己繁華經眼、沒血沒淚，沒想到某些橋段竟還騙哭我的眼淚。故事其中一名重要角色更讓我深有共感，一個防災科學人的心情轉折，所有的作爲無非是希望喚起更多人重視自身安全。說它是奇幻小說，不如說這是一本具備韌性心理素質的指引，是我們給下一輪太平盛世的備忘錄，我已經迫不及待等它上市引起討論風潮了。

推薦序

人有不測風雲，天有旦夕禍福？——讀《災難預言事務所》

文／《律政女王》、《國際橋牌社 I&II 影視改編小說》之律師作家
Aris雅豊斯

二〇二三年，世界終於走出疫情陰霾，逐漸回復昔日榮景。偏偏自入夏以來，東亞各地接連下起持續性的暴雨，驚人的降雨量導致淹水及土石流，更造成嚴重的財損與傷亡。

在北北基因卡努颱風而終於放了睽違已久的颱風假那天，我收到庭毅老師傳來的新書書稿，打開檔案後卻爲之一凜，書名竟然是《災難預言事務所》。

沒多久，新聞播報卡努颱風重創南投縣仁愛鄉，造成聯外道路中斷、多處淹水、民眾受困，土石流更沖毀村莊，畫面令人怵目驚心，都達村村長稱之爲「百年一見的大災難」。數日後，美國夏威夷發生大火，造成百人以上死亡、數百人失蹤、數以千計的房屋被毀，現場淪爲一片焦土。

由於世界各地災情頻傳，也讓好久不見的印度神童阿南德再次躍居媒體版面，

預言在洪水之後可能還有火山爆發或地震。

我一邊閱讀這本虛構的小說，同時對照眞實世界的新聞報導，一時之間竟然有種虛實難辨的錯亂感，書裡的內容究竟是意外的巧合，還是作者受到天啓感召的預言？（庭毅老師你先知系嗎？）

更巧的是，二〇二一年十月，由小栗旬、香川照之主演，改編自日本作家小松左京同名小說的日劇《日本沉沒－希望之人》，於播出前幾天剛好也發生大地震。嗯，我決定要請庭毅老師在本書出版前先去拜拜，請求神明保佑台灣國泰民安。

既晴老師說：「在庭毅的作品中，他最關心的議題，總是鎖定在『自我的追尋』」。《災難預言事務所》的林少恆也是，他追尋的是自我實現，也是自我和解，不過他的歷程比起《我在犯罪組織當編劇》的何景城、《冤伸俱樂部》的王煦裔更加驚心動魄。

看著書中一個又一個好萊塢電影等級的大場面，彷彿我也踏上一段驚險之旅，身歷其境地體驗了一連串的災難。由此可見，庭毅老師在第三本長篇小說中的「全面進化」——不僅筆力更加洗鍊、引人入勝，場景譬劃亦寫實立體，讓閱讀小說就像觀賞電影一樣生動；故事主題也更爲宏觀，預言未來的科技發展，猶如一部驚世寓言。

喬齊安老師說：「在奇詭布局與精心操作的翻轉外，林庭毅作品最爲各界好評的仍是其人性千迴百轉之刻劃。」《災難預言事務所》即探討科技與人性的光明與黑暗，情節設計亦發人省思。

那些看似自然的災害，究竟是單純的天災，還是人爲的禍害？當預言不再只是怪力亂神、穿鑿附會，而是有科學依據時，面對未來，人心是更加安定踏實，抑或是惶惶度日？至於我們常用的成語「天有不測風雲，人有旦夕禍福」，未來是否也該順應科技發展趨勢，改成「人（工智慧）有不測風雲，天有旦夕禍福」（注1）？

我沉浸在書中的冒險宇宙，卻也不禁律師職業病發作，思考當科技的力量超越了人類智識及人性的道德底線時，法律是不是唯一救贖？當人工智慧擁有自主意識時，我們是否可以把它當人看？又該如何論以罪責或損害賠償？倘若台灣要制定《AI法》，應該要有那些規範？由於再寫下去就會變成法學論文了，請容我就此打住。

誠摯地向大家推薦這本巧妙交織奇幻與科幻元素的精彩作品，也期待未來庭毅老師能持續創作，繼續帶給大家更多美好驚喜。

注1　根據經濟部中央地質調查所「火山災害潛勢評估及觀測技術強化計畫」的偵測調查，大屯火山區一一一年間偵測到微震共3,846起，雖較前一年（3,153起）更為活躍。惟地溫監測顯示各監測井溫度平穩，全年溫差與往年趨近一致。整體而言，大屯火山與龜山島之火山活動處於穩定狀態。詳見經濟部中央地質調查所，經濟部中央地質調查所一一一年度年報，自版，一一二年6月，第80-81頁。

〈序章〉回憶

災難還沒讓人有足夠的時間意識到它的來臨，就已經結束了。

只是伴隨而來的混亂通常會持續很久。

至少在災後這間位於新北市山谷邊緣的療養院裡是這個樣子。

一個強烈颱風從太平洋汲取溫暖海水的能量，以時速210公里的驚人風速，由花蓮登陸，侵襲全台灣。

起初，療養院裡的工作人員，以爲這又是另一個夏季常見的颱風，認爲這次跟往年沒什麼不同，頂多把大面積的透明窗戶進行強化，以及在容易積水處堆放沙包便了事。由於地處山區，院內本就會存放近一週的水與糧食，另外發電機設備與燃油也由工務人員逐一清點，按理說只要在風雨正強時不要外出，就可平安度過這一次的風暴。

在這個時期，院內病患不多，且多數自願聽從警方建議撤離到鄰近十五公里外的小鎭活動中心避一避，唯獨幾名插管不良於行的病患無法移動，因此院方僅留數名必要的醫護人力與緊急應變人員待命，其餘先行撤離避難。

如果依循往例，這是一個合理的決定。

可惜他們低估了大自然的力量，從開始下豪雨那天算起，療養院對外聯繫已中斷了一天一夜，電話無人接聽，沒有人知道院內目前發生的情況。

一開始上游雨水匯入清澈透明的溪流，接著大量雨水與泥土砂石結合，成塊混濁的泥漿，帶著滾動不止的石塊，沿著山坡順流而下。雖說療養院的兩公尺半高的混凝土圍牆還算堅固，一時間還能起到保護作用，但還不知能堅持多久。

現在是清晨時間，但天空烏雲密佈，彷彿仍未天明。趁著驟雨暫歇的空檔，有一個穿著軍綠色披風式雨衣的人影，幾步就翻過警衛亭旁被強風吹開一道縫的金屬鐵門，高挑的身材一點都不影響行動，只見他一邊朝療養院移動，天生微微上翹的嘴角似乎正不斷嘀咕著。

「這雨要是繼續下，別說翻牆，我都能搭船闖進去了。」

說話的是鄰近山城的高中二年級生林少恆，前一日，原本和同班同學一起前往小鎮活動中心避難，但昨晚深夜，正準備在活動中心躺下休息的林少恆，聽見一群來自療養院的工作人員交談，他們也因預防撤離而聚集於此，卻因聯繫不上院方的留守人員感到異常焦急，才明瞭這場颱風不同以往。通訊中斷並不常見，況且最後一通來自院方的聯繫，似乎表明院內情況並不樂觀。

當時正颳起強風，外頭雨勢似乎有逐漸增強的趨勢。

林少恆夜裡望著活動中心角落，那裡站著一名叫小藍的少女，聽完工作人員間的對話，轉頭無助地望著窗外大雨。

即使她什麼話都沒說，但憂慮的表情早已倒映於佈滿雨滴的窗戶玻璃上。

小藍之前都住在台北市區，今年夏天特地上山陪爺爺住一個暑假，話不多，笑起來有兩個小酒窩，個性挺害羞的。林少恆好幾次經過她爺爺住的三合院老宅，總是不自主地瞄上幾眼，看看小藍在不在那，但總是沒機會跟她說上話，沒想到居然會因爲颱風避難的關係，在這個活動中心見到。

其實小藍這個名字也是林少恆自己擅自替她取的，因爲她馬尾上有一個藍色波斯菊形狀的髮圈，若不是在馬尾上，就是套在纖細的手腕，就像她身上的一部分。反正他也沒眞的這樣當面叫過對方小藍，林少恆心想，她應該是不會介意。

山上的孩子都叫小藍爺爺爲石爺爺，眞實姓名大家都不清楚，只曉得每次經過三合院，總是可以見到他雕刻一些傳神可愛的動物石像，擺放在三合院的圍牆上，一隻一隻的坐著，感覺挺可愛的。

聽說石爺爺這陣子住到療養院，但活動中心卻沒見到爺爺人影，該不會留在療養院沒出來吧？

深夜裡，林少恆想到此處，躺在鋪平睡袋上睡不著，原地翻了身，撞上躺在一旁睡覺的胖壯少年，恰好壓到林少恆幾個月前的新傷，那是和校內仇敵互毆造成的，肋骨受傷處還隱隱作痛，忍不住叫出聲。

「靠！好痛，張誠，你旁邊明明還這麼空，幹嘛跟我擠啊！」

「唔？你還沒睡喔，颱風走了？可以回家啦？」

張誠轉了轉龐大的身軀，差點又壓到林少恆新傷未癒之處，林少恆趕緊閃避瞪他一眼。

要不是張誠是他同學，也是最要好的朋友，依他不守規矩的個性，老早就跟對方打起來，就像三個多月前跟隔壁班仇敵，綽號瘋狗的徐志益狠狠打上一場，對方頭破一個洞，自己則是肋骨骨裂，鬧到全校皆知。

不過這場架非打不可，徐志益這個流氓小人，不知從哪打聽到有名女同學吳文心暗戀自己，居然設局夥同校外幫派人士，打算擄走吳文心，幸好被林少恆撞見，二人互毆，徐志益犯下罪行較重，少年法庭開庭判入少觀所三個月，聽說最近出來後還要入住安置輔導。而林少恆被裁定予以訓誡，並需在假日進行生活輔導。

不過學校老師倒是認爲，問題學生林少恆過往劣跡斑斑，且又說謊成性，早晚也會進少觀所，甚至有的老師更說，他應該跟徐志益兩人一起進監獄，這樣在裡頭打死也有人幫忙收屍。如果想法太過骯髒也會判刑，這些噁心的大人老早就關得一個不剩了。林少恆一直都這麼認爲。

「張誠，我想進療養院一趟。」林少恆說。

「欸，阿恆，雨下太大你腦袋進水喔，颱風天耶！」

張誠側過身子，瞪著大眼。他們倆都是山上長大的孩子，十分清楚大自然的無情，以及颱風天暴雨的威力。

「我剛剛仔細看過了，石爺爺不在這裡，一定是留在療養院了。」林少恆簡短說了剛剛從工作人員偷聽到院內失聯的消息，又說：「那地方我熟，我應該去看看有沒有可以做的。」

「你確定？這雨不是普通大耶，還記得我們小學那次颱風天嗎？整條路都斷成三截，有的還整段不見，如果又來一次，你去了又有什麼用？」

「不知道，但我就是受不了看見她那種眼神和表情，而且石爺爺對大家都很親切，我應該做些什麼才行。」林少恆望著站在角落的小藍。

「你不准去。」有個女聲突然從二人頭頂傳來。

二人一驚，趴在睡袋的林少恆和張誠同時抬頭。

吳文心像隻準備發怒的貓，細細的眉毛都皺成一圈，插著手認真地說。

「妳不睡妳的覺，偷聽我們講話幹什麼，煩耶！」林少恆抬頭看向女同學。

「反正你就是不准去！外面雨這麼大，而且療養院又那麼偏僻，出事誰救你啊！」

「不用妳擔心，我可以照顧自己，又不是第一次颱風天跑出去了，張誠你說是吧？」

「嗯……話是沒錯啦，但這一次的雨好像比較……」

林少恆白了他一眼，張誠頓了頓，索性不說了。

「你如果敢踏出活動中心，我就跟門口的警察講！還有，上次你假日翹生活輔導，也是我幫你才沒被發現，你不想被老師知道吧？」吳文心口氣變得更強硬，這與她平時氣質乖巧的形象很不搭，看起來她真是下定決心要阻止林少恆冒險。

「算了，不去就不去。」

「真的？你該不會又騙人？」她抬起一邊眉毛說，十分明瞭林少恆的個性。

「才不會，不然我發誓總行了吧！」

「就算你發誓，我還是覺得……」

「妳快點去睡覺啦，都幾點了。」林少恆雙手一攤，他知道不可能講得過吳文心，整個人又埋到睡袋裡去。

外頭的雨水被強風吹得歪斜，打在鐵皮屋頂上發出呼呼碰碰的噪音，吵得林少恆整夜不成眠。

清晨，當林少恆終於冒雨穿過泥濘的停車場，踏進這座療養院時，他甚至不知原先的大門跑到哪去了，金屬卡榫斷面很銳利，可能一瞬間就被強風折斷。這裡是鄰近鄉鎮最好的療養院之一，也曾獲得評鑑優良的成績，但寬敞的接待大廳白色地磚覆蓋五公分厚的稀泥，原先醫療院所獨特的消毒水氣味，剩下潮濕的土壤腥味，以及有股化學藥品醇類的刺鼻味道從走廊盡頭傳來。

林少恆緊握背包，裡頭裝滿了從活動中心搜刮來的飲水、餅乾、電池與簡易包紮用品，他甚至還偷了前來幫忙疏散的里長一支對講機。原以為這些物資能幫上忙，但順著積水長廊走去，見到在微弱緊急照明燈旁，有具包裹在毛毯裡、斜坐在輪椅上的老年人遺體，林少恆滿腔的熱血頓時冷了下來。

我猜得沒錯，果然出事了。林少恆小心地往前移動。

他靠近掀開一看，發現這老人口鼻都有爛泥和水，似乎因為不良於行，跌倒在地被泥水溺死的，林少恆第一次見到如此悲涼的死法。但老人似乎又被人扶起安放在輪椅，又用毛毯覆蓋遺體，看來是工作人員所爲，但人呢？

「有人在嗎？」林少恆大喊。

沒有回應，僅有的水流和風聲，一下就把他的聲音吹向遠方。

林少恆繼續前行，順著不知是被沖開或是被人開啓的病房大門一一搜尋，種種跡象皆顯示，不久前，情況惡劣到所有人員不得不撤離。雖然林少恆是趁著風雨減弱的空檔才能勉強入內，但山區的風雨瞬息萬變，他也沒能把握是否能順利離開。

但他還沒找到石爺爺，也不曉得是否被工作人員帶離，正猶豫時，發現有個身影從另一頭的病房快步衝出，那人全身泥濘，但依然可以辨認出他穿著院方工作人員的白色制服，只是他的舉止有些奇怪，不停回頭看著病房，然後才離去。

「喂！等一下！」他話還沒說完，那人就已消失在療養院大門附近。

「可惡！得問到他其他人去哪裡才行。」林少恆發現水流開始上升，已逐漸來到小腿的高度，涉水前行變得相當困難，眼看就要追丟。

大廳處忽然傳來熟悉的喊叫聲。

隨著風雨忽大忽小。

「阿恆！你在哪？」

「喂！林少恆，叫你不要來，結果還是偷跑來，你每次都說謊！」

是張誠和吳文心。

「你們怎麼來了？」林少恆從長廊探出身子，對著遠方大喊。距離雖遠，但他倆的聲音一下子就讓林少恆認了出來，只是他沒想到這兩人真的跟來了。其實他也清楚，這兩人早就知道自己愛說謊騙人的個性，只是就改不了這個習慣。而對方也不是第一天認識他，若林少恆真的想做什麼，誰也攔不住。

「終於找到你了！阿恆，我問你喔！你剛剛有沒有碰到……剛剛我發現他從活動中心跟在你後面……」張誠大喊，但聲音被狂暴風聲截得斷斷續續。

「誰啦？先不要講這個，快幫我攔著剛剛從門口離開的工作人員啦！」林少恆指著大門吼，但不曉得兩人有沒有聽清楚。

眼看對方是追不上了，林少恆決定把握時間，先到工作人員最後離去前的病房看看。

涉水前進到病房門口，一入內，發現病床上有個人影。

身形被水打濕顯得非常單薄，像枯槁的枝幹，在狂風下隨時會折斷。

正是他要找的石爺爺。

但對方閉著眼，一動也不動，情況似乎不太樂觀。

沾滿泥濘的病床邊，居然擺放著被拿起的呼吸器，以及一個裝有藥劑的透明針筒，從旁邊僅剩的藥劑包裝，認出是一款叫「吩坦尼」的強效止痛劑，但從針筒裡的藥劑份量來判斷，這是正常的用量嗎？會不會太多了……

林少恆想起剛才舉止怪異的工作人員，內心忽然警覺升起。

難道我目睹了一起謀殺事件？

林少恆想起不久前見到的老人遺體，內心一緊，立刻來到石爺爺身邊，緊張地伸手朝他脖子動脈摸去……

忽然，石爺爺被他指尖一觸碰，嘴邊動了動。

「嗚……」石爺爺喉嚨發出不成句的聲音。

他沒想到對方還活著，反應迅速，立刻想把呼吸器裝上，但發現儀器早已沒電可用。

眼下僅剩一條路，盡快離開這裡。

林少恆衝出房外，朝坐在輪椅上的老人遺體拜了拜：「抱歉，借您的輪椅一用，裡面的爺爺比較需要啊！」

他把輪椅連同死去老人推進房內，接著把遺體抱起放到病床上，打算再把石爺爺挪動至輪椅。

此時，房外傳來陣陣水花聲。

「張誠，你動作有夠慢！我找到石爺爺了，快過來幫忙！」

林少恆興奮地回頭大喊，赫然見到站立在門口的人，卻讓他張著嘴驚訝到閉不起來。

那是個身高比他略矮、臉頰清瘦、理了個大平頭的凶惡少年，穿著一件黑色的運動衣，因爲雨水濕透緊貼著身體，凸顯他精瘦的體型，額頭還有個明顯的傷痕，看起來更顯得不是善類。

「你以爲我關到裡面，你就贏了？」

少年語氣冰冷說。

「他媽的！瘋狗！搞什麼！你爲什麼在這裡？」

林少恆一臉茫然，他不知道這個與他打了無數場架，甚至被關到少觀所的徐志益，居然出現在此！

難道剛剛張誠在說的人，就是他？

他從活動中心一路跟著自己，究竟想幹什麼？

等等……

他瞥見徐志益手邊拿著一把摺疊刀，緊握的掌心用力，手臂青筋暴起。

喔，好吧，這卑鄙傢伙還算有點腦袋，倒是選了一個絕佳時機。

颱風天，沒有監視器，以及大量的水流沖洗掉證據……

怎麼想都是一個發生命案的超完美地點。

如果加上打算謀殺石爺爺的那人，還有可能是兩起命案。

若論打架，林少恆可沒怕過，但萬一傷到石爺爺，不就死定了！

林少恆想到此，趕緊說：「你不要鬧了，先離開這裡再說，要去哪裡打，你決定，不然我讓你一隻手都可以！」

在這短短幾秒內，療養院大廳傳來泥水和石塊碰撞的聲音更猛烈了，使他想起果汁機啓動的聲音，只是這裡頭攪動的東西恐怕不太讓人喜歡。

「眞的是他！就說我沒看錯！」張誠的聲音從走廊傳來，看起來是跟旁邊的吳文心說話。

徐志益沒打算理會這兩人，抓起摺疊刀就往病房內衝。

林少恆情急下，抓起一旁桌面的呼吸器用力推去，撞到牆壁發出巨大的聲響，但僅能阻止幾秒，徐志益又朝他撲來。

「我到底是惹到你什麼？看我這麼不爽！」林少恆大喊。

其實徐志益跟他的大小衝突不斷，不過認眞說起，他倆從第一次見面就看不順眼彼此，眞要說嚴重的衝突，恐怕也是徐志益打算擄走吳文心那次，但起因也是林少恆當著徐志益正在追求的女孩子面前，大開他打輸自己的玩笑。而那場架，其實勝者是徐志益。誰知道衝突越演越烈，原本就不擅長控制情緒的徐志益，惱怒後把目標動到吳文心身上。但這也踩到林少恆的底線，造成前幾個月無法收拾的局面。

二人在病房扭打成一團，水花濺得到處都是，林少恆顧及石爺爺，擋在他前方，面對殺紅眼的瘋狗，白白挨了好幾次刀。在這瞬間，他感覺到，瘋狗是眞的打算殺死自己。

「一直擋在這裡，這老頭子很礙事！」徐志益大吼，竟然朝石爺爺推去，輪椅重心一偏翻倒，整個人摔入積水中。

「幹！有種對我來就好！」林少恆怕石爺爺重演溺水悲劇，趕緊彎腰去扶，也不管是否破綻大開，背對著別人，眼看就要被刀捅。

「好了啦！你們兩個打夠了沒！」吳文心在後方大喊。

此時，比他倆更爲高壯的張誠，溜進病房，一把抓住失控的徐志益，一邊把他往走廊方向拖去，說道：「下次我當裁判，你們再找時間好好打，現在先別鬧。」

「關你什麼事！信不信連你我也一起打，你這個臭跟班的！」徐志益嘴上不停罵著，但張誠不爲所動。

三人站在走廊，吳文心首先發覺水流越來越不對勁，幾乎快淹到大腿高，已經很難行走，要房內的林少恆盡快帶出石爺爺。

少了瘋狗來鬧場，林少恆喘口氣，動作敏捷地將石爺爺從水裡扶起，心想輪椅應該是不能用了，於是一把揹起石爺爺，只感覺他體重好輕，也不知道情況如何，反正先離開這裡再說。就在他轉身面對門口時，一連串令人驚懼的水泥斷裂聲忽然從天花板傳來。

林少恆以前做過不少冒險行爲，但聽見整棟建物發出鬼嚎般的摩擦與斷裂聲，就算膽子再大，心臟也快跳了出來，知道時間不多了……

腦中的念頭才剛閃過，前方走廊的天花板受擠壓像炸彈般落下，土石混雜龐大的泥水沖進療養院，順著通道狂暴地佔滿任何可能容納的空間。

幾乎是一眨眼，前方三人瞬間就被大量土石和崩塌的建物掩蓋，距離林少恆不過短短幾步的距離。

「危險！快——」他眼珠子瞪大，盯著消失在走道的張誠、吳文心，以及瘋狗徐志益，他幾乎不能思考。

但下意識，身體求生本能先起了反應。他把一旁的金屬衣櫃翻倒，斜靠在病床邊，金屬櫃內恰好可容納他與爺爺瘦小的身軀，角度又不至於一下被積水灌入。在上方建物石塊終於崩落之際，抵擋了多數足以砸傷人的石塊。

外頭如雷的土石崩落聲告一段落，林少恆忽然意識到，他永遠失去了張誠、吳文心兩名朋友，或許還有瘋狗這個死對頭。

淚水不自主地湧出眼眶。

窗外的陽光不知何時才會穿過雲層，灰灰暗暗地，積水未退，但雨勢稍微減緩。

而一直護著石爺爺的林少恆，側臉一瞧。

竟發現，石爺爺已醒，瘦小的掌心，抓著裝有「吩坦尼」的針筒，嘴裡喃喃說著話。

林少恆聽得清楚，石爺爺最後的要求。

請殺死我。

1.

這段深埋在記憶深處的畫面毫無預警地突然閃過腦海。

受困於土石的觸感、差點淹死於療養院、失去好友的悲痛，以及揮散不去令人恐懼的崩落聲響，再度浮現於林少恆不久前遭受猛烈衝擊的心智。

好多年的時間，從沒如此清晰地回憶起那段令自己難以承受的記憶。

林少恆一度以為是否回到了高中時期，但幾秒鐘後，他肯定那是一段自己刻意不願回想的畫面。

但他此刻正在哪裡？

為何身體的疼痛感，和瀕臨死亡的感覺，和當年如此相像？

林少恆仰躺在地，後腦的位置劇痛，一時想不起所在何處，就連自己現在是做什麼職業、是什麼樣的身分，都與過去的記憶攪成一團。原以為這場夢魘會隨著時間淡去，但看樣子距離「淡去」還差得遠了，十年前高中那場意外清晰得宛如昨日發生的事。

周圍狂暴的碎石崩落聲仍不絕於耳，轟隆隆地，從遠方響個不停，空氣中，帶有強烈刺鼻的臭味。

「爲什麼有雞蛋臭掉的味道？也太噁心了，我到底在哪裡？」

林少恆意識到自己的注意力逐漸清晰，儘管頭非常暈眩，但四肢的觸感漸漸恢復，全身上下都在痠痛，幸好還可以出力，手腳沒斷。

他張開眼，發現自己正以奇怪的姿勢躺在紅磚牆邊，旁邊是一棟棟的木造小屋，對外窗正冒著白色蒸汽，而天空中瀰漫灰白色的雪。

「不是雞蛋臭掉，是硫磺，看來我在某個溫泉會館之類的。」

奇怪的是，遠方看起來應該是停車場的位置，停了爲數不少的黑頭車，好幾名穿著西裝的男人，有一半的人領子上別了金色的醒目徽章，看來是最近新聞上常見的黑道組織奎和會成員，與另一夥也像黑道組織的成員正亂成一團，許多人臉上都有傷痕，彷彿火拼到一半，又歷經一場浩劫，全身都沾滿灰白的粉塵，狼狽得很。

「我爲何那麼清楚人家黑道的徽章？難道我也是人家組織的？」林少恆一臉困惑，低頭瞥了自己衣領。

灰色襯衫加上卡其色工作褲，沒有什麼金色徽章，也沒氣派的西裝。頭上戴了印有奇怪圖樣的黑色棒球帽，裡頭還有簡易紗布包紮，看樣子就連黑道混混都稱不上。

所以我到底在這裡幹嘛？自己一個人來泡溫泉？聽起來有點悲慘。

他奮力回想昏倒前發生的事，依稀記得，自己似乎正要逃離某種情況，但他不記得到底想逃離哪種危險，究竟是人，還是事物，最後翻過磚牆摔倒在地，昏了過去。

算了，不管怎樣，先跑再說。林少恆心想，撐起身子要走，忽然一個力量從他肩上按了回去。

「你不要命了，躺好！」

身後傳來一個女人的命令句。

林少恆仰著頭倒地一看，雖然上下顛倒，但認得出是一個年輕女人，留著一頭短髮，年紀可能比自己小幾歲。

她屈膝蹲在另一個男人身旁，四周倒了不少正痛苦哀號的受傷人群，手裡拿著印有黑紅黃綠各色的小卡，正仔細地評估傷勢嚴重程度，一面用無線電回報現場狀況，動作熟練，眼神堅定，但仍看得出她非常緊張。

「發生什麼事？」林少恆斜靠在磚牆，吃力地問。

那名年輕女人穿著深藍色無袖背心，還有大面積的螢光圖樣，上頭「緊急救護技術員」幾個字很顯眼，她沒有回應，或許是太過忙碌的關係。

「欸，到底發生什麼事啊？」

「看來你傷勢沒想像中緊急，我幫你改評綠色。」她頭也沒回突然說，又道：「意思是輕傷而已，死不了。如果你還能動，過來幫我，注意落下的碎屑。」

他抬頭望向天空，果然空氣中瀰漫著灰色粉塵般的物質，直徑應該只有幾公釐，非常細小。

「是不是哪裡失火了？」林少恆抬起頭不停張望，灰塵差點飄進眼睛，惹得他不停揮手撥弄。

這時他發現眼前有一塊溫泉度假會館招牌，名稱有些眼熟，他回憶起以前曾光顧過，就位在陽明山附近。看來自己的記憶力正悄悄恢復，只是還需要點時間，反正是個好跡象。

「失火？比那個嚴重多了。」女救護員手邊剛完成一名男子的初步評估，裸露在外的皮膚紅腫，明顯的燒燙傷，她先取出生理食鹽水減緩疼痛，又飛快移到其他傷患旁。

現場起碼有三十多名穿西裝的幫派份子，以及一些前來泡湯的遊客，卻僅有她一名救護員，數量也太少了，林少恆記得救護車出勤都是兩人一組，不知道是什麼情況。

「還是碰上恐怖攻擊了？就妳一個人啊？妳的同伴呢？」

「我們剛剛接到有人打架受傷，立刻就來到現場。」她伸手去摸另一名仰躺在地傷患的頸動脈，眼神一緊，大聲喊：「OHCA（到院前心肺功能停止）！你話別這麼多，幫我去救護車拿AED過來！我得立刻幫他實施心肺復甦，還有沖洗用生理食鹽水也用完了，側邊櫃子上還有幾瓶，多拿幾瓶來給我，快點！」

「……AED，我知道！電擊用的，妳等我。」林少恆看向十多公尺外的救護車，車頂正閃耀著警示燈，而白色車身覆蓋粉塵，變成淡淡的灰色。後車門已經開啓，裡頭車廂擔架已經躺了另一個毫無動靜的傷患。

林少恆撐起身體就往救護車移動，雖然暈眩的感覺仍在，差點跌倒，但身體活動起來都挺正常的。

他幾步就來到救護車旁，跳進窄小的車廂，很快找到女救護員要求的急救器材，但視線忍不住飄到那名傷患，內心一驚。

這是另一名穿著緊急救護員制服的年輕男子，他頭上纏繞著大塊白色紗布，些微鮮血正逐漸滲出，看樣子是女救護員幫他進行處置的，呼吸雖然有些緩慢，但至少還活著。

原來她的同伴在這裡。

救護車駕駛座旁車窗碎裂，一塊巴掌大小的碎石掉在椅墊上。

看來救護車駕駛倒霉被落石砸中才受傷。

林少恆回頭看向女救護員，想必剛才應該經歷一段危急時刻，但她已經跪立在傷者側邊，不停地進行心肺復甦術。

「東西來了！」林少恆跑到她身邊說。

「開關打開，電擊貼片幫我貼左胸下方偏外側，另一個貼右胸上面。」

她一邊下指示，手邊的動作持續。

倒在地上的男人被林少恆掀開上衣，他領子也有金色徽章，只是看起來更爲別緻，是一頭老虎的圖樣，看來也是奎和會的幫派成員，但身體倒是沒有刺青。

「建議電擊。」一道機械女聲突然從ＡＥＤ傳出。

「讓開！」女救護員大聲叫道。

眼看倒地的昏迷男人全身震動一下。

「你會不會ＣＰＲ？」她忽然對林少恆問道。

「會吧，記得當兵時教官教過，不過我沒按過眞人就是了。」

「按過假人也算，你來接手，高品質ＣＰＲ三十下！」女救護員立刻要他接手，林少恆趕緊模仿起她剛才的動作，手臂打直，用力壓下。

對方也沒閒著，立刻裝起氧氣甦醒球，在林少恆做完三十下時，熟練地給氧兩口氣，並要他繼續壓。

心肺復甦術是相當耗費體力的技術，現在正值春季，氣溫還不算高，林少恆做不到一半次數，額頭立刻浮現汗水。他瞥了這名女救護員一眼，終於正臉瞧見她的長相，鵝蛋臉，臉部線條柔和，但此刻看來非常疲憊，白皙的臉頰沾滿灰塵與汗水，不曉得她獨自在同事受傷後，又單獨拯救了多少條性命，林少恆心底暗自佩服。

「有脈搏了！」她熟練地量測血壓等生命徵象後，呼出一口長氣，緊繃的身軀終於緩和下來。「你運氣不錯，恢復得很快。我發現你的時候摔到花圃裡，牆壁幫忙擋了大部分的高溫衝擊，不過還好有你幫忙，謝謝。我叫許惠晴，你叫什麼名字？」

「啊？我叫林少恆，等等……妳剛剛說的高溫衝擊是什麼？是炸彈爆炸還是恐怖攻擊？這裡到底發生什麼事？」

「根據最新無線電回報是火山爆了，從位置來看，應該是七星山的方向。因爲我們正好在附近出完勤務，所以第一時間抵達，原先接到有人打架受傷報案，誰知道情況一下就改變了。」

林少恆完全沒預期得到這個答案，驚呼：「火山爆發？在這裡？」

她點點頭，忽然停頓，凝視著林少恆的臉。

「怎麼了？」

「天啊！你是那個人！」許惠晴瞪大雙眼，指著林少恆大叫。

「等一下等一下，現在又是什麼情況？妳認識我？」林少恆毫無頭緒，他不記得有擔任救護員的朋友。

「你就是一個月前上電視，預言說大屯火山會爆發的那個騙子！我們分隊裡的人都說你瘋了，沒想到眞的被你說中了！」

林少恆見她一臉非常認眞的模樣，應該不是在和自己開玩笑，但聽到這位才第一次見面的女人說自己是騙子，感覺也不是很好。

「所以……都被我說中了？」林少恆哼哼兩聲，裝模作樣地說，他也不知道爲何要這樣。

「對！而且時間地點都沒錯！」許惠晴睜大著眼，難以置信，但下一秒又皺起眉頭：「不對啊，如果你早就知道會有災情，爲什麼還在這裡？」

林少恆被她這麼一問，頓時回答不上來，吱吱唔唔地，其實他比對方更想知道為什麼，腦裡胡亂編了個理由正要脫口，遠方山區又傳來幾聲劇烈的聲響。

轟隆隆……轟隆隆……

宛如遠方的雷鳴，二人立刻朝聲音方向望去，在遠處山邊有團灰色的噴發雲狀物緩緩升起。

許惠晴趕緊用無線電聯繫，眉頭深鎖。

「先別聊了，我剛從無線電得知，爆發的位置距離我們還有一小段，從空拍機已知是局部小規模的噴發，火山碎屑流應該不至於擴大到台北市區，但光這樣就已經造成不少的火燒山案件。幸好山勢和建築物替我們抵擋了大部分的碎屑流，要不然高溫的碎屑流衝過來，我們眞的都不用活了。」

許惠晴提到的火山碎屑流破壞力非同小可，夾帶高溫高速的氣體與碎石，以破百的速度從火山噴出，向下快速流動的炙熱氣體將摧毀所有可燃物，西元七十九年的義大利維蘇威火山爆發，火山碎屑流和火山灰在十五分鐘裡，便帶走兩千條寶貴性命。

「妳其他同事什麼時候到？我看車上還有一個受傷的救護員，但應該不能等太久。」林少恆說。

許惠晴用無線電持續溝通，臉色一沉，焦急說：「他們說支援暫時到不了，隊員都去協助其他更嚴重的區域，我們這邊相對安全，而且還有好幾個是這些黑道份子自己打傷的。OHCA這個已經恢復心跳，必須盡快後送，我同事雖然生命徵象還算穩定，但也不能拖太久，可是我得在後車廂監測，不過這樣……」

「我幫妳開車吧。」林少恆沒太多思考，立刻說：「最近的醫院我知道在哪裡。」

林少恆開得很快，後車廂硬是塞了男救護員以及那名昏迷的幫派份子兩名傷患，還有許惠晴正在狹窄空間不停監控著生命徵象。他沒開過救護車的經驗，但車頂的鳴笛聲讓他心跳加速。因爲他的記憶尚未恢復，因此對自己開快車的技術有些疑慮，但隨著幾個彎道後，對技術終於恢復信心，甚至懷疑自己會不會根本是個計程車司機，載客人來溫泉會館結果碰上這些鳥事。

但他還是很介意女救護員剛才的話。

我居然上過電視，而且還預言大屯火山爆發？這種驚人的事情怎麼一點都沒有印象？而且就連未曾謀面的人都能認出我的長相，那經過今天後，不就全世界的人都認得我，無奈的是，近期發生的一切記憶似乎就像憑空消失一樣。

等等，這也太荒謬了！林少恆差點笑出聲，一個過彎後，很快轉進靠近市區一家區域醫院急診室。

這裡擠滿前來就醫的民眾，但急診室警衛看見衝來的是鳴笛中的救護車，趕忙緊急幫忙疏導通道。

唰地一聲，救護車擔架立刻被挪下送進急診室，而另一名躺在黃色長背板上的幫派份子，也立刻被抬進去治療。

「感謝！我先去忙了。帽子先給你戴，剛才幫你包紮頭部時繃帶剛好不夠，我先用它壓著，你自己收著吧，挺適合你的。」許惠晴從後座伸手，朝駕駛座上的林少恆肩膀拍了拍，感激地說。

林少恆這才從後照鏡認出頭上的帽子圖樣，是六邊突出的藍色星型與蛇杖，原來是緊急救護員在戴的，想必方才急診室警衛也沒察覺自己與其他救護員的不同。

本來林少恆也想跟對方致謝救了他一命，但就在許惠晴觸碰到他肩膀準備分開的那一剎那，他的眼前突然一片白茫，彷彿身處暗處許久突然開啓燈般，刺眼到睜不開，接著在白茫中，看見一片火海、斷裂的建築，以及令人驚懼的吵雜人群哀號，一秒鐘不到，又把自己拉回現實的救護車內，彷彿一場幻覺。

所有的事情發生在一瞬間，他捂著額頭喘著氣，那是幻覺還是記憶？心想這又是什麼奇怪的腦傷後遺症？剛剛的畫面是什麼時候發生的？

林少恆一頭霧水，愣愣望著消失在醫院急診室的許惠晴，車內僅剩他一人，關閉鳴笛聲後，一切變得好安靜，緊繃的身體總算鬆了下來。他原本身上就有傷，此時終於感覺到疼痛。思考是否把車停好，也到醫院看個診，照個X光也好，但又覺得傷勢比起其他人算幸運的，還是別這時候去添亂，回家擦藥算了。

想到這，他苦惱地搔了搔頭。

可是我到底住哪啊？每當想起跟自己有關的事就像墜入一團迷霧。

他隨手翻找褲子口袋，想起錢包裡應該有身分證之類的，這樣就可以知道住哪了，翻遍後，卻沒找到像錢包的東西，也沒有手機。

「靠！我走得這麼匆忙啊，連手機錢包都沒有，該不會是被人綁架吧……」

他話剛脫口，消失的記憶宛如拼到一半的拼圖，緩緩浮現，只知輪廓，卻無法看清細節，雖不完全，但已足夠讓自己感到訝異。

幾名幫派份子的身影迅速浮現腦海，最後停留在一名眼熟的幫派老大臉上，金色別緻徽章，老虎圖樣，身上沒有刺青的中年男人。

正是剛剛還躺在車後的傷患。

奎哥，奎和會的老大。

「我好像……真的是被綁架的。」林少恆失聲驚呼。

接著他又記起一件重要事情，熟練地摸進襯衫內側，想起自己隨身都會夾帶一張名片在衣服內層口袋備用。

「有了！」掏出一看，是一張白色的名片，上面印有一個位於台北市中山區的地址，以及中間幾個醒目黑體字。

「林少恆　預言事務所」

2.

當林少恆依名片來到自己的住所時，一度以為看錯地址，再三確認後，終於在一條不到兩公尺寬的狹窄通道上方，看見一個小巧簡易壓克力板招牌，白底黑字，上頭寫著「預言事務所」。

窄巷入口右側的店家是一間叫「桃」的小型會員制日式酒店，左側是一間歇業的俱樂部，預言事務所恰好就夾在這兩家店中央的小通道內，必須從日式酒店建物後方小門進入，爬上二樓才是事務所的位置。

巷弄有著獨特的氣味，不像菸味，也不是香水，比較像是大量揮發的酒液，淡淡氣息充斥在區域內每個角落，搔弄路過行人的鼻腔。

但他此刻不能靠近，因為窄巷門口，聚集了七、八名男女正在交談，還有幾位男人手持攝影器材，朝著樓上的事務所不停拍攝，林少恆認出那是電視台的標誌。

看來成功預言火山爆發這件事，已經讓林少恆的名聲也跟著爆發。

他站在不遠處觀看，因為有救護員的帽子當掩護，且當下時局混亂，幾乎沒有遊客，周邊的人對他沒特別注意。

他困惑地望著二樓事務所，回想自己當初怎麼會把事務所設立在台北林森北路條通的窄巷裡，在全台北酒店最密集的區域開設預言事務所，難道都是做些媽媽桑、酒店小姐、黑幫或酒客的生意？莫非眞的被他高中最討厭的那些老師給料中，成年後都在幹些非法不正經的勾當？

林少恆暫時回想不起選址原因，可是依稀記得，生意雖難做，但還過得去。他從以前就擅長講話，尤其是講謊話，面對各種麻煩事，常以一張嘴耍得對方團團轉，再搭配成年後學習到的占卜、紫微斗數、塔羅等算命技法，也擁有一批死忠的顧客。

前來尋求算命服務的，不外乎就是求個趨吉避凶。

他的預言事務所主要是替民眾「趨吉」，通常都是問些工作姻緣，或者酒店小姐問好桃花去哪裡找之類的，據說準確度僅有尷尬的五成，但加上自己天生愛唬爛的加成，應該可以打發大部分的顧客。不過事務所主要的大筆收入來源是替黑幫「避凶」，因爲黑幫成員大都擔心無端被敵人陷害。一般民眾如果因趨吉而來，若預言不準通常也就認了，頂多下次不光顧；但黑道的避凶如果不準，他每次就得擔心受怕，深怕被報復。

但能繼續在條通開店做生意，想必應該挺有一套的。

不過就算厲害，林少恆還是覺得奇怪，自己居然敢上媒體預言什麼火山爆發，完全想不起是什麼原因，萬一不準不就丟臉丟大了？林少恆自覺可能要花點時間才能想起，更重要的是，稍早復原的部分記憶，跟他爲何出現在陽明山溫泉會館有關。

那是在一個多月前，自稱奎哥的老大前來尋求他協助的事。

早知道就別接他的案子。林少恆自言自語說。

一個下雨的平常日夜晚，路上人煙稀少，林少恆想提早打烊，走到事務所樓下，因爲招牌旁的小燈開關安裝在樓梯處。他每回關門都覺得麻煩，爲何不能在二樓窗邊也安裝一個電燈開關，這樣根本不用下樓，直接就可以回房間休息。

才剛關燈，就發現窄巷口站著一個男人的身影，手裡夾著菸，靠牆抽著。

林少恆不以爲意，這裡原本就有許多奇怪的陌生人出沒，尤其是人越少的巷弄，瞥了一眼後，他只想盡快回到溫暖的被窩好好睡一覺。

朝樓梯走上，卻聞到背後有股菸味傳來，那人居然跟在後方上樓。

「今天有事，提早打烊了。」林少恆隨口胡謅一句理由。

「才幾點，有生意上門都不做，條通什麼時候變得那麼好混？」男人的話不帶好意，語氣卻不凶，沒打算離去的模樣。「有沒有細漢的來請你喝兄弟茶？」

林少恆一聽就懂，兄弟茶是黑道用劣質茶葉逼人高價購買，換句話說就是保護費的概念。

他轉頭看了對方，一般行頭，三十來歲，臉挺陌生的。不知道是不是剛關出來的黑道份子，此時就他單獨一人，心想今晚其實也沒啥重要事，也就不堅持了。

「好吧，特地爲你破例，夜間加成也免了，先生你跟我來。」

林少恆打開樓梯轉角的二樓事務所鐵門，邀請對方進門。

室內是一個小客廳，用隔板分開工作區與林少恆平時居住的沙發和餐桌生活區域，工作區僅有簡易的木頭方桌和兩張鐵椅，桌上散落著塔羅牌、空白命盤、黑色絨布墊、一個小巧的圓形魚缸，及一截燃到尾端的線香，味道尚未散去，畢竟距離打烊時間還有半小時左右。

「請坐。」

「這裡比外頭傳的還要現代一些。」

「你打聽過我？」林少恆也坐到椅子上。

「別講成這樣，是介紹，人家跟我推薦你。」男人咧嘴一笑。「一個問題三千對吧？有點貴，但只要夠準，三萬都行。」

「……今天想問什麼？」通常林少恆喜歡觀察對方的行爲舉止，猜出顧客想詢問的種類或方向，好建立信任感，就算猜錯他也有辦法靠一張嘴繞回來，但眼前這黑道看起來舉止怪異，不像是來尋求算命的，因此不打算繞圈子，直接開口詢問。

「有人放話要我死，還說就在七七四十九天後，你幫我算算，我會死在哪裡？」男人把菸屁股擅自放在線香旁的盤子。「反正都是灰，別介意，啊對了，叫我奎哥就好，他們都這樣叫我。」

這未免也太惹人厭了，林少恆很想隨便打發他，但奎哥突然從外套口袋掏出一整疊現鈔，平放在線香盤子旁，厚度幾乎超過了盤子。

「這裡有三萬，夠我問十個問題了。如果四十九天後我沒事，再給你十疊！」

林少恆吞了口水，十疊就是三十萬，他得幫人回答一百個問題才有！如果這生意成了，幾乎好幾個月不用愁。

「錢先收好，不急。」他刻意故作鎮定，其實開心得很。「你想怎麼算？塔羅？紫微斗數？還是有偏好的算命方法？我都行。」

其實林少恆桌上的算命道具都是作爲輔助之用，他最擅長利用問問題去推敲任何可能的事情走向，再以誘導的方式讓顧客逐漸趨向他想要的答案。其實說白了，會來尋求算命預言的人，大都是遇上某些人生困境或選擇難題，但其實內心早有定見。而他只是細細撥開那些客人不願面對的眞相，再加以鼓舞，大多能收到不錯的效果。

但如果碰上擔心未來的災禍，或者仇家上門想躲躲，卻不確定這樣做是否成功，面對種種未來不確定的災難，那就得用上那招。

林少恆另外還有個祕密——他從高中那場颱風災難差點溺死後，竟發現自己偶爾能見到未來的畫面，只是必須付出代價。

這招不僅危險，而且僅靠幾秒鐘的未來預知畫面，有時也不能做什麼，就像看見了「結果」，卻無法知道「原因」，因此林少恆還是偏好靠自己慢慢推敲，很不愛用此方法。

不過眼前的金額龐大，倒是可以冒險一下，說不定有可以參考的線索。

「隨意，反正只要告訴我，我會在哪裡出事就好。」奎哥說。

「好。」

林少恆先把塔羅牌與空白命盤等物挪到一旁，露出底下鋪墊的厚重黑色絨布，然後將黑布完全浸入桌邊的魚缸裡，吸水力極強，等拿出魚缸時，水面幾乎下降了好幾公分，一尾紅色金魚被打擾，在魚缸裡亂竄。

奎哥皺著眉，不解這年輕人到底是想算命，還是打算唬他？

林少恆瞄了眼剩餘的線香：「時間應該差不多了，如果線香燒完，我還沒回來，記得叫我一下。」

「回來？你要去哪？」

「去看你未來的災禍。」

那塊吸飽水的黑色絨布蓋在林少恆口鼻與眼睛上，沉重的份量幾乎不容任何空隙，他手掌壓著尾端，手肘撐著桌面，停頓了將近兩分鐘之久。

每次他用這招，心中總會默默倒數秒數，不曉得這次失敗或成功，也可能什麼都沒見到。就在他超過上回的閉氣時間時，懷疑肺活量是不是又提升了，毫無閉氣的不適；忽然間，他聞到一股奇怪的味道。

……咦？是布沒有蓋緊嗎？味道從哪來的？

當他這個念頭閃過，頓時意識到這獨特的怪味並非來自室內。

因爲他事務所裡，根本沒有硫磺等物質。

眼前本是一片漆黑，逐漸出現零星亮點，一切都開始旋轉起來。

像是走出一條非常長的隧道，終點是硫磺氣味的來源，在盡頭光亮處，他見到了一座美麗的山坡，遠方山區有白煙緩緩上升，山腳的位置有著一棟棟的湯屋，味道來自於眼前的溫泉。

幸運的是，林少恆知道這是哪裡，是陽明山的溫泉度假會館。

停車場停滿許多車輛，一眼就可辨認出兩群幫派份子正在舉行集會，剛開始雙方互相致意，挺客氣的，小弟們圍繞在一棟木造的房子周邊等候，裡頭有大人物正在開會。

原本平和的會議場合，在木造大門「碰」的一聲撞開後，一切陡然改變，外圍的兩派幫眾安靜下來。

「幹恁娘！奎哥是說試一下貨，你弄那是三小！」有個昏迷癱軟的男人被一名不斷回頭咒罵的手下抬出，另一名在外等候的奎和會幹部見情況不對，紛紛下指示衝回車旁抄傢伙，剛才還有說有笑的彼此，頓時棍棒相向。

癱軟在地的男人，正是奎和會的老大奎哥。

情況變化太快，外圍的小弟以爲老大被人幹掉了，下手越來越重，情況變得難以收拾。

但從現場互罵的內容，以及從敞開大門窺伺，大概可以猜想，這是一個正在進行毒品交易的場所，不知道裡頭出了什麼意外，或許是施打過量，也可能是參雜了其他毒物所致，總之奎哥倒地不醒。

林少恆默默觀察了片段預知畫面後，還想靠近會議室看看是誰下的手，突然，正在打群架的幫派份子動作都停了下來，望向遠方的山頭。

隱約聽見像雷聲般的陣陣巨響，卻又有些不同。

他不明白這變化爲何，還想深入探究，眼前畫面又開始扭曲旋轉起來。

慘了！

看太入神，過頭了……

林少恆若想預知未來畫面，全憑讓自己進入溺死前的極限狀態才有機會，但風險在於自己得掌控時間，萬一超過那條界線，很有可能也賠上一條命，除非有特別原因，不然他才不願用此險招。

就在眼前畫面越轉越快，他設法讓自己思緒回到現實，但全身無力只想嘔吐，彷彿有股巨大壓力罩著，忽然間，眼前重量一輕，有隻手在他眼前晃了晃。

奎哥好端端地坐在他前方，桌面上是那條濕溽沉重的黑色絨布。

「幹！我還以爲條通的瘋子都在會裡，誰知道最瘋的在算命攤。」他說。

林少恆喘著大氣，費了幾秒才能說話：「……謝了，差點回不來。」

「這錢我不要了，你拿去看醫生，就當我沒來過。」

奎哥起身要走，看來也怕出人命，自己莫名其妙背上嫌疑。

林少恆突然抓住他手腕，問道：「你最近有沒有交情不錯的道上朋友，想介紹你做毒品生意？」

奎哥表情停滯，立刻厲聲說：「你聽誰講的？我奎和幫從來不碰藥，誰碰我砍死他。」

「你確定？那誰約你到溫泉會館開會的？」

奎哥眼神一變，死盯著林少恆，像一頭要撲上攻擊的獵豹，幾秒後緩緩坐下：「有人要介紹我新門路沒錯，但絕對不可能碰藥，他知道我個性。」

「那就是有了。」

「你看到什麼？」他口風很緊，沒有正面回答問題，要林少恆盡快說。

林少恆簡短敘述他見到的未來預知畫面，奎哥默默聽著，不曉得是認同還是另有盤算，沉著一張臉沒作聲。

奎哥聽完，指了指桌上的那疊三萬：「這就先當訂金，夠吧？如果事後我還活著，三十萬奉上；但萬一我死了，你也逃不掉，還有這件事我不要第三個人知道，夠清楚嗎？」

林少恆也回笑：「大家都是做生意的，這規矩我懂。」

3.

記憶眞是不可靠的玩意。

稍早復原的部分記憶，解釋了林少恆和奎和會老大的相識過程。

至於他爲何出現在陽明山，靠自己慢慢回想和推論終於逐漸清晰。

奎哥在林少恆的預言下，猜想到可能殺害他的對象是與自己交好的其他幫會老大，但他並不閃躲，反而刻意照計畫進行赴約，目的應該是打算正面與對方交鋒，畢竟黑幫可不走先跟警方報案這套，大都私下解決。既然知道對方想下手的地點與時間，這樣防備起來就更容易了。

光從奎哥一個人前往預言事務所，以及放話不能讓其他人知道來推想，他是一個非常重視保密的人，或許也沒有告訴會內成員。

甚至在前往陽明山開會的當天，居然派手下將林少恆從條通擄走，一路跟著奎和會車隊前往山上赴約。這不用奎哥來解釋，他也清楚對方在想什麼。

萬一奎哥眞的在會館被對方幹掉了，等於放任一個知道奎和會老大曾向條通預言事務所諮詢，但最終仍死於預言結果的丟臉消息到處跑，他可不想冒這風險。因此，一旦出事，早就交代手下動手殺掉林少恆。

可是，如果他順利生還，奎哥會交付剩餘的尾款，並放任他繼續在條通做生意嗎？

林少恆完全沒把握，他趁奎哥昏倒眾人一團亂，以及火山突然爆發的當下，完全沒有人看守，逮到機會就跑，卻在逃跑時發生意外，摔落高牆昏迷。

接下來的發展完全超出自己預料，奎哥依然沒逃過預言的結果，但巧合的是，竟然被暫時失憶的林少恆和前來救護的緊急救護員許惠晴救回一命。

有時未來的發展，就連常替人算命的林少恆都覺得神奇。

在火山爆發後，入夜的條通人氣顯得清冷。

那些稍早在預言事務所樓下等著採訪，或好奇想見上一面這名成功預言火山爆發的預言家的人群，也散去大半，僅剩下少少數名不死心的記者繼續守候。

林少恆心想繼續等下去也不是辦法，於是悄悄僞裝成酒客，進入窄巷右邊那間叫「桃」的日式酒店，後巷有個只用來倒垃圾才會開啓的小門。

「誰啊？」

今天店裡僅有一名媽媽桑，大家都喜歡叫她純姊，年過四十五，但保養得當，看起來比實際年齡少了十歲，經營這家日式酒店也有好幾個年頭，幾乎把住在樓上的林少恆當成自己弟弟看待。

「噓，是我啦。」

櫃台邊的螢幕本來用來播放歌或ＭＶ，今天這種情況想必沒人上門消費，早就切換成一般新聞台播放。聽到聲音，純姊一頭長捲髮立刻從沙發後方探出，瞪大眼叫道：「少恆！你跑去哪裡了？外面那些記者爲了堵你等了一整天！你現在成了大名人了知不知道？」

「是嗎？我身上連手機、錢包都沒有，在外頭蹲了一整天，快累死了，有沒有什麼吃的？」林少恆經歷了整天奔波，一屁股坐到沙發上，他可以立刻睡死。

「有啊，難得大名人光臨，不準備點拿手的說不過去。」純姊嘻嘻哈哈地鑽進後方小廚房。

林少恆終於得到鬆懈機會，癱在沙發上全身都在酸，儘管全身乏力，但注意力依然被新聞台吸引。

電視正播報時下流行的談話節目。

今晚的議題除了大屯火山爆發沒有別的，節目找來數位專家學者進行分析。

有一位不到四十歲的年輕助理教授，專長研究火山地震，也被找上了節目進行訪談。從他口中得知，這次是大屯火山群中的最高峰七星山爆發，過去很長一段時間外界認爲大屯火山群是死火山，但近年研究發現地下具有岩漿庫的存在，且距離上次的噴發並非超過十萬年，而是僅僅數千年前，已證實大屯火山群是活火山。

這些年，相關單位早已進行監測，包括利用觀測火山氣體、地震活動，或者使用GPS測量地殼變形等。一般來說，多數火山活動可預期，但這次的變化太過詭異迅速，超出國內外的普遍認知，想弄清楚得投入更多的時間研究。

不幸中的大幸，這次雖然是火山活動最活躍的七星山爆發，規模比預期來得小，受災範圍有限。另外，時節雖已進入春季，東北季風仍然強勁，因此臨近區域像北投、士林、淡水、三芝、金山等區域都受到不少火山灰的影響，交通因此大亂。大台北地區因此停班停課三天，呼籲民眾配合，耐心等災後清理告一段落後恢復正常生活。

這名叫王向智的年輕學者非常認眞地解釋。

或許很少上電視，不熟悉談話節目的風格，內容像是在授課，但相當誠懇。

女主持人追問是否還有更大規模爆發的可能？

專家王向智有些爲難，他說得保守，表示不排除有機會，但依據數據資料來看，估計暫時不會有更嚴重的噴發活動在短時間內發生，請民眾不要恐慌。

但他話剛說完，立刻被另一位節目邀請的來賓打斷。

那人不在攝影棚，而是以遠距連線的方式參與。

「恕我直言，這簡直就是把人民生命當兒戲。」

說話的男人語氣老成，年近六十歲，給人一種不容質疑的權威感。

林少恆瞥了電視一眼，認出是這幾年相當火紅的團體，曙光會的會長，錢正隆。

外界都稱呼他爲錢老師，有的甚至直接叫他預言大師。

據說他曾好幾次成功預言災禍，例如知名商場大火、渡輪意外、傳染病的疫情，甚至連股市等大崩跌，都有準確預言的實績，累積不少非常忠心的追隨者。

林少恆當然聽過他，甚至還把這名預言大師當成目標追隨，對於他這樣準確率只有五成的魯蛇預言家，錢正隆的準確率簡直是神一般的存在。

只是當他開始向追隨者收取入會費，加入曙光會可以提早得到更快速的預言時，林少恆對他的景仰便沒過去那麼狂熱了。但想想自己也是靠這行吃飯，如果別人能力比自己強，收費也不過分，只能怪自己技不如人。

「錢老師說得有道理！另外我想請教另一件事，關於前陣子，有一名年輕預言師公開宣稱大屯火山即將爆發。他預言方式非常特別，毫不模糊，看著一台小小的儀器，不只準確對外預言了好幾個天災，甚至連時間、地點都無誤，這的確是前所未見的預言方式，非常驚人！可是外界至今聯繫不上對方，直到節目此刻，我們的記者都還在尋找他，身爲預言家，不曉得錢老師怎麼看？」

「我不懂主持人的意思，妳是指他的失蹤，與我有關嗎？」錢正隆問。

女主持人急忙修正：「抱歉我不是這個意思，我是指能不能借用您的能力，幫忙找尋這位年輕人的下落？據說網上有許多傳言，推測他可能早就在火山爆發時罹難。」

林少恆剛從吧台倒了一杯水喝，噗一聲，差點把整張桌子噴濕。

「哎哎哎，喝慢點，水那麼多急什麼！」純姊從廚房端出一整碗剛煮好的醬油拉麵，這是她最拿手的餐點，雖然僅有用半熟蛋、青菜與豆芽做成，但手藝確實征服不少酒客。

「純姊，妳剛剛有沒有聽到，他們說我死了耶！這也太扯了！」林少恆一邊吹著拉麵熱氣，一邊嚷著。

「廢話，我整天聯絡不到你，我也會想你是不是掛了。」

「才一天不在，世界好像不太一樣了。」他嘀咕說。

「要不然你現在從大門走出去跟記者揮揮手，不就解決了。」

純姊白了他一眼。

「我才不要。」

林少恆腦袋記憶還沒完全恢復，根本不知道一個月前，自己爲何要公開預言，更驚人的是，他從節目得知，自己是靠一台小儀器預言火山爆發。

儀器？

這是怎麼回事？

他確定所學的占卜、數術、卡牌，沒有一樣算命預言方式符合節目的描述，而且也沒印象擁有可以預言的機器。

林少恆腦袋一頭霧水，趕緊吃完餐點說：「純姊謝了！還有，那個通道借我一下。」

他口中的通道，恰好位於酒店儲藏室天花板，有一塊不起眼的矽酸鈣隔板，往上可以直通二樓的臥房。在林少恆剛搬來樓上不久，因爲建物年老失修，一腳踏破舊隔板，穿著睡衣的他就這樣摔進樓下酒店，引發一股騷動，這兩人也才因此結識。

「你知道位置，等等記得幫我把隔板復原就行。」純姊伸個懶腰說：「今天火山這麼一爆，我看未來幾天的生意慘兮兮，是不是乾脆關門幾天？」

「會嗎？電視裡那位教授不是說情況不會更糟，說不定這幾天停班，大家發現沒事後，又跑出來消費，跟以前放颱風假一樣。」

「這要問你吧，欸，預言大師，請問未來會發生更大的災害嗎？」她調侃地繼續說：「當初你說上媒體預言可以一下讓事務所生意和知名度上升，看來都被你預言中了，你什麼時候要幫幫我這間小店，外面那些記者要是變成客人，我就好過了。」她擦了擦桌子，比了外頭不死心的記者們。

「我眞的這樣講？天啊……」林少恆壓著額頭，心想他到底遺漏掉多少關鍵記憶，立刻鑽進酒店儲藏室，推開矽酸鈣板，再移開更上方夾層的木製地板夾層，就能回到自己的世界。

「眞是累死人。」林少恆撐起身子鑽進室內說，但又慶幸純姊爲了省裝潢，沒用泥作重新蓋好，不然要陪外面那堆記者要等到什麼時候。

林少恆回到事務所，不敢開大燈，只開啓房間內側桌燈和小客廳的照明，還好對外窗簾都還緊閉著，從外頭根本看不見異狀。

這種回到自己的窩的感覺眞好。

林少恆立刻去沖澡換了件衣服，雖疲憊很想直接躺平，但今晚還沒結束。趕緊找回遺落在事務所桌上的手機。

一滑開手機，這是他這輩子見過最多未讀訊息的一次。絕大多數都是在探詢他的下落，以及恭賀預言成功之類的，還有更多陌生來電，沒有太多重要訊息。

他此刻的目標只有一個，點開YouTube，輸入「林少恆　火山預言」幾個關鍵字，立刻跑出數支影片，大多是媒體平台轉載的，他先略過，終於見到一支影片完整記錄當天發生的始末。

而且上傳的帳號，竟是他本人。

預覽畫面是他坐在自己的預言事務所桌前，正對著螢幕講話。觀看人數已經突破八百萬次。

「這是什麼天文數字……」他深吸口氣，然後點下。

從影片看見自己，有種異樣的感受，這段記憶他因傷完全消失，但隨著影片持續播放，陌生的畫面與腦海消失的回憶逐漸重合。等到播畢時，他幾乎不敢相信，居然弄丟了這麼重要的記憶。

記憶終於浮現腦海，所有遺失的拼圖總算拼上歸位。

這時，窗戶方向突然震動一下，或許是風吹沒關緊，他小心翼翼來到窗邊，順便從縫隙探頭看樓下一眼，底下記者不再聚集，可能去跑更重要的新聞，總比在這乾等還有意義。

而林少恆擔心碰上奎和會的成員，他已經被抓走一次，不希望行蹤曝光後，又得面對那群幫會成員的威脅，特別小心地再把窗簾拉好。

樓下人潮散去，僅剩幾名路人遊蕩。

林少恆鬆了一口氣，然後把接待客人的事務所工作區域又打亮幾盞燈。

原先空蕩無人的事務所，在那張接待客人的方桌前，竟出現兩個人的模糊身影，從身形來看，是一男一女。

坐在椅子上的，是十年前，早已在療養院遇難過世的張誠和吳文心。

他們倆無聊地盯著桌上的金魚游來游去。

此時輪到沙發區又傳來動靜，有個頭上有傷疤、惡鬼般不善的傢伙坐在上頭，面無表情凝視著站在窗邊的林少恆。

那是他多年前的仇敵，尋仇當下因災難意外身亡的瘋狗，徐志益。

但林少恆沒有表現出過於驚駭的情緒，反倒語氣像是碰見老朋友，對他們三人說：「我回來了。」

4.

四年前的冬天。

那年林少恆二十四歲，他高中畢業服完兵役，隻身前往台北市區打拼已多年。過程中轉換不少工作，搬家工人、服務生、外送員，或者發送傳單的工作都曾嘗試，但都不是長久工作。有一晚，他恰好在林森北路條通附近打工，冷冷的雨滴打在身上，冰涼的觸感激起回憶，即使事隔多年，想起泡進積水，在療養院受困的那天，一個人蹲在巷尾哭了好久。

張誠和吳文心本來不該死的，如果我不對他們說謊，如果他們不習慣我說謊，可是再多的如果也換不回已消失的人命。或許當天只要老實告訴他們自己的計畫，兩人根本不會偷偷跟著他前往療養院冒險，也就不可能碰上意外。

林少恆蹲坐在地，在失去最要好的朋友後，連個能傾訴的對象都沒有。

這是他還在學校念書時，想像過的未來嗎？

一定不是。

他覺得自己似乎沒有眞的擅長的事，除了意外重傷甦醒後，偶爾會出現一些奇怪的幻覺，居然與未來發生的災禍畫面重合，但這不可靠的能力又能做什麼？誰又會相信一個無憑無據的年輕人提出的警告？

如果能預言命運，爲何看不見自己的未來？

他苦笑著，打算起身繼續未完的工作，一抬頭，發現眼前的條通巷弄裡，有間二樓公寓外牆，一間歇業的算命工作室正貼出「頂讓」告示。

他心想這也太諷刺，算命的開到歇業，若自己的命運都沒算到，生意一定不好，眞是遜爆了。但下一刻，有個奇怪念頭從腦中閃過。

「或許眞正的預言之所以有價值，是因爲有人拼了命的說謊。」

林少恆不解這奇怪的想法從何而來，抹掉臉上淚水，心想，其實自己也不是眞的一無是處。如果說有能力看見未來發生的災禍畫面，並且擅長輕易看透那些隱藏在謊話裡的眞相，那麼一定有他能發揮的場域。

說不定這些能力，在面對尋求解惑的客人，或者不願面對自己內心渴望而極力隱藏的人，自己眞的是天生適合當個算命預言家的料。

林少恆想到這，他決定動手改變自己未來的命運，他想接手這間店鋪，開一家預言事務所。

起初在條通的經營並不容易，有許多看不見的門路需要打點，尤其這種看人吃飯的生意更是如此。但林少恆還是堅持了下來，在過程裡也不斷學習各種坊間常見的算命技巧，搭配善於看人的天賦，勉強經營。

某天深夜，打烊後的事務所，卻出現了詭異的異狀。

已經去世多年的三名故人，張誠、吳文心，以及徐志益，他們毫無預警坐在事務所的椅子，以發現久違老友的眼神凝視著林少恆。

「……爲什麼!?」林少恆先是震驚，但不知爲何，卻沒有任何恐懼或害怕想逃的念頭，語帶顫抖地說：「對不起……」

他語帶哽咽。

這些年不是沒想過，如果再給他一次機會見到他們時要說些什麼；但眞的遇上，腦海一片空白，心中滿是歉疚。

三個鬼魂的反應，就如同多年前認識的他們。

張誠性格寬厚樂觀，只是嘿一聲，抬手揮了揮，一如往常。

吳文心個性有時嚴格，在他面前反倒有些害羞，此刻滿臉笑容。

就連瘋狗徐志益，如預期般，正眼不看他，只默默瞥一眼，神情滿是怨懟。

他們是眞的鬼魂。

並且事後透過鬼魂的說明才知道，這三個亡魂有著奇特的能力與限制。

在那場意外後，和林少恆一樣，鬼魂似乎冥冥之中與他有種連結。

如果可以，亡魂也具有觀看即將發生災禍的能力，而且命中率更高。

但此能力卻處處受限，或許以某種神祕羈絆來形容較恰當。

原因在於，林少恆基於過往原因，他無法再對這三名鬼魂說謊，而這三名鬼魂雖能看見未來，卻也無法對唯一見得到鬼魂的林少恆說眞話，除非鬼魂自願吐露未來眞相，但如此一來可能會使鬼魂消亡。

尤其與林少恆本人密切有關的未來相關線索，更是不能輕易違背。

在此奇特限制下，一人三鬼在條通這間小小的預言事務所合作至今。

雖說是合作，林少恆反而覺得是多了夥伴陪同的感覺，比起過去孤零零一人待在事務所好多了。

但因爲鬼魂不能透露未來的正確預言，林少恆有時藉由卡牌或占卜碰上不確定的預言結果時，也不能隨意依靠他們。甚至利用險招，把黑絨布蓋在口鼻將性命逼至極限所見到的片刻未來災禍畫面，他曾試著問張誠鬼魂災禍的起因爲何，但張誠也只是隨意給了他一個明顯錯誤的方向；而相同問題又改問吳文心，他只是哼了一聲，又給了另一個較合理的推論解釋；最後林少恆轉向瘋狗徐志益，他連理都不理，只是在沙發上睡他的覺，要林少恆滾一邊，順便罵他沒天份早點倒閉大家都輕鬆。

但無論是哪種回覆，至少林少恆從他們口中可知，這些都是可以剔除的災難起因，畢竟亡魂無法對他說眞話，因此從其他沒提起的原因去推論就沒錯。

但此方法，也只能將預言準確率提升至五成左右的尷尬水準。

直到某一天，大約在他決定進行公開預言火山爆發前幾週。

一個奇怪的包裹，讓他的預言成功率完全改變。

「又有小孩子被大人單獨留在家裡，跟上次那個一樣，好離譜。」

張誠搖晃著胖壯的腦袋，指著報紙說。

他是指小男孩的算命案件。

有天傍晚，一位看起來約略小學四五年級的男童站在預言事務所樓下徘徊，看似條通附近酒店從業女子的孩子。林少恆剛好買完晚餐準備上樓到事務所，覺得奇怪，但腦筋一轉，心想應該是有什麼困難，問他肚子餓不餓，晃了晃手上剛買的便當。

本來想問問一樓純姊的店能不能借他休息，但聽見店裡已經有客人聲音，乾脆問他要不要到事務所吃完再走。

「叔叔，你會算命對不對，能不能幫我算一下，我什麼時候才能見到爸爸？我想去找他。」男童吃著便當，怯生生地問。

「嗯……這樣啊……」

林少恆頓了一下，主因當地人群交往複雜，還在思考該如何探詢關於男童父親更多訊息而不會問出讓孩童覺得困惑或尷尬的問題時，男童接著又說：「爸爸每次中午就會下班回到家，但現在都快晚上了，不知道發生什麼事，我想去找爸爸。」

林少恆恍然大悟。

「你有跟媽媽說嗎？」

「她去年死掉了，只剩下我和爸爸。」

哎呀，林少恆抓了抓頭髮，沒想到是這樣的情況。

電話借男童打給父親，但無人回應。

想藉由占卜幫忙找他父親，但通常算命或預知災禍畫面只能用在他面前的客人身上，問男童知不知道父親的生辰八字，只得到搖頭的回覆。

事情有些棘手。

「你爸爸是做什麼工作的？有沒有固定上班會走的路？」

男童側著臉，想了一陣後說：「他是工廠警衛，每次搭公車都會走一條彎彎曲曲的山路，走到底最後一站就到工廠了，我只去過一次，可是不知道路名。」

林少恆點點頭，拿出手機依照男童的印象，確認是一間位在新店山區的公司。他依網路上的資訊撥了通電話，對方表示該名警衛跟往常一樣早上八點下班，算算時間已經過了下班時間許久。

正常早上八點就下班？

林少恆一臉疑惑，那為何他總是中午才回到家？

他立刻察覺男童的話和公司回覆的訊息有種奇怪矛盾。

他偷偷瞄了眼張誠，看看有何好法子，但他只是聳了聳肩，一臉「你知道的」，就算知道也不能透露。

而正在看電視的吳文心本來也不吭聲，但女生終究還是對小朋友心軟。

「可能他爸爸覺得賺不夠多，又去兼差當計程車司機。」吳文心說，當然這段話只有林少恆聽得見。

張誠見吳文心都講了，也忍不住插嘴：「好啦，別說我無情，他爸爸可能困在塞車車陣當中回不來，或者載客人到訊號不好的地方去了。」

林少恆一聽就懂，雖然鬼魂可以預知尚未發生的災禍，或者即將發生的災難起因，但無論如何都不能洩漏，這將危及他們的存亡，尤其與林少恆本人相關的預言更是不能隨意透露。而對於已經發生一段時間的事，只要有些蛛絲馬跡，他們總是能給出挺可靠的方向供參考。據他們說，就像是要花點時間跟其他地方的「鬼魂」交流一下，挺費時的。林少恆覺得鬼魂眞的是一種很奧祕的存在，規矩不比活著的人少，就算相處好一陣子，總是能被他們的能力所震驚。

不過張誠和吳文心也不是任何發生過的事都知道，似乎得事發經過一段時間，且總是再三確認不會踩到洩漏未來的紅線，才肯透露一些，但已經足夠讓林少恆在條通名聲逐漸開啓。至於鬼魂徐志益，不是愛理不理，就是說些風涼話，幾乎派不上任何用場。

後來林少恆請男童留在事務所休息，要他別擔心，等到接近晚上七點多時，林少恆的手機出現他父親的回電。

果眞如他們倆所說，眞的是偷偷兼差開車去了，爲了不想捨棄臨時的長途大單開了好長一段時間的車，卻碰上手機充電線故障的意外，直到現在才有辦法回覆。

眞是有夠粗心的父親。

但一個男人帶孩子，還要賺錢，確實不容易。林少恆心中有些同情。

最後父親趕到事務所接人時，又過了一個小時左右，夜漸漸深，就連條通的酒客越來越多，開始熱鬧起來。

「少恆叔叔，謝謝你幫我，這個東西送給你，果然找你是對的。」

小男孩童言童語地說，遞出一個褐色的方形小紙箱，約兩個手掌大。

「不客氣，小事一樁。」男童的話讓林少恆覺得疑惑，畢竟正常小孩如果遇上家人不見，應該會去尋求警察協助才是，怎麼會先來找算命師？

「這是什麼……？」

「我也不知道，有人說找你幫忙就沒錯了，如果真的找到爸爸，就送這個給你當謝禮。」男童小聲地說。

「原來如此，謝謝你，早點跟爸爸回去休息。」

林少恆對他微笑，送走了父子倆。

他隨即關上事務所大門，將那個像網購包裹的東西放在桌上，凝視著這個紙箱。

「這什麼東西？」張誠靠了過來。

「不曉得，但我覺得有點奇怪，有人建議男孩來找我幫忙，如果幫他找到爸爸，就要送我的。」

「聽起來就是不太對勁，要扔掉嗎？」張誠說。

「我也覺得很怪，能不能幫我感應看看，這東西是什麼來歷？」

張誠看著包裹，歪頭想了幾秒。

「不行。」

「啊？爲什麼？」林少恆不滿叫道。

「就是不行，一點『味道』都沒有。」

張誠口中說的味道，其實是鬼魂根據每種物體所能感應到的線索，從線索可以進行更進一步的推敲或感測，只是他們習慣用味道來形容。

「那妳呢？文心能不能幫幫忙？」他轉頭向吳文心求救。

「一樣啊，乾淨得跟白紙一樣，啊，不對，白紙還比較有味道。」

吳文心托著下巴，搖搖頭。

「唉，還以爲你們比較有用。」林少恆心想既然鬼魂都沒法子，也只好靠自己，毫不猶豫，拿起剪刀朝紙箱膠帶接縫處劃下。

張誠和吳文心瞬間躲得遠遠的，站在事務所角落，瞪著大眼猛瞧。

「膽小鬼。」林少恆罵道。

眼角餘光瞥向沙發，一直在沙發睡覺的徐志益只是稍微挪動了身軀，好像不太有興趣。

一刀劃下，裡頭裝滿細長條作爲緩衝隔震的紙屑，中央有個黑色塑膠套，包裹著一個長方形的玩意。

拿在手上，感覺不是很重，觸感像智慧型手機。

「該不會眞的是手機吧？送我這麼好的禮物！」

林少恆鬆了一口氣，拆開外包裝一看，這是一台外觀金屬銀色，看起來像平板電腦的東西，正面螢幕光滑可以觸碰，而背面有雷射雕刻的字樣：里奧1號。

「里奧1號？這是什麼牌子？沒聽過。」林少恆翻轉著平板電腦，看起來與3C專賣店常見的商品沒有兩樣。

「登……」一道細微的電子音突然從平板電腦傳出。

我按到了什麼？螢幕閃出柔和白光，林少恆差點脫手滑落，幾秒鐘瞬間就完成了開機。

螢幕顯示類似Google地圖的畫面，街景正是他所在的台北林森北路，一個藍色小點代表目前的所在位置。

而右邊介面有數個選單，最上面一欄爲目前的日期與時間，下方寫著「即時訊息」。林少恆按了下去，立刻跳出一大串預設好的數字與圖示，包含各種氣象資訊，例如氣溫、濕度、風速、空污指數、能見度、降雨機率，甚至即時的衛星地圖都有。

「這是研究單位的儀器吧？」林少恆覺得奇怪，心想這應該是氣象的研究者在看的數據，因爲數值精確度和複雜度，遠超一般人可查詢的網路資訊。

他又點了點「即時訊息」的欄位，忽然又彈出更多可選擇的類別。

「一般氣象」、「地震」、「暴雨」、「乾旱」、「野火」、「海嘯」、「龍捲風」、「颱風」、「火山」、「溫室效應」……各種地球上曾發生的自然災害幾乎都有對應的欄位可查詢，上面用紅字百分比，標示著一個陌生的數值名稱RIO，他不解這數值意義，但隨意點選幾個分類後，皆有這個陌生數值代號，高低不同，甚至還可以自行手動輸入擴增災害類別，更確定這儀器不是普通人能接觸的設備。

里奧1號幾乎整合了非常多樣化的監測數值進去，但由於它不只可以觀測台灣本地的監測數值，就連其他國家或地區的監測數值也能一同觀看，他開始懷疑這玩意的製造者到底是不是在唬弄使用者，眞有一台儀器有這麼大的權限？這該不會某個惡作劇的程式開發者做好玩的？

林少恆狐疑地隨意點選數值與類別，不小心點到最上欄的時間日期，跳出更多的日期。

就連過去或未來都有。

他好奇點選未來幾天的日期，竟發現底下的監測參數跟著變化，原先日期旁的欄位出現綠色的「預測」圖示字樣。

上面顯示未來將發生的災難。剛才一連點了好幾個日期，大都無特殊事件，但明日的狀態卻有些奇怪。

「見鬼了……」地震的災害欄位立刻跳出紅色的警示通知，顯示位於台北市上午六點至八點之間會發生芮氏規模4的地震。

太扯了，不是沒發生過震央在台北市的地震，過去也曾有過幾次，但他從來沒聽過有人可以提前這麼早預知地震，簡直是神話。

難道，這儀器也有像自己一樣預知災禍畫面的能力？

他半信半疑地轉向張誠，隨即又想起他不能透露尚未發生的災禍，又把視線轉回儀器，自言自語：「如果它真的有用，以後再也不用冒生命危險看預知畫面了。」

畢竟每次預言都冒著巨大風險，卻僅能觀看坐在事務所的當事人未來可能碰上的災禍，如果真有儀器可以一次預知整個世界各地的災難，能力簡直超乎自己所能想像的極限。

但下一秒又覺得很可笑，居然把這唬人的玩具當眞，甩了甩頭，隨意擺放在桌上。想起晚餐給男童，自己都忘了還沒吃飯，趕緊胡亂弄個泡麵，吃完仰躺在床。

他腦海不停在思考，是誰要男童拿這玩意給他，送一個亂七八糟的預言天災儀器給算命師，感覺就是要他出糗。他的算命雖不是百發百中，但過去也不曾有人因為預言不準上門尋仇，他自認在條通的打點應該都有到位，就連樓下開酒店的純姊也不曾要他注意一些。

還是他不小心踩到誰的利益了？

畢竟此地龍蛇混雜，一句無心的話都有可能得罪他人。

想了許久，依然沒有頭緒，肚子吃飽撐著，糊裡糊塗地閉上眼睛……

一本沉重的塔羅教科書從床頭的書櫃落下，直接砸到林少恆臉上。

「靠……搞什麼……」

林少恆睜眼一看，他以為還在做夢，頭上的書櫃不斷發出震動聲音，幾乎快散開。朝窗戶望去，整片窗也發出令人恐懼的密集撞擊聲，轟隆隆……窗外已經透出白光。

天亮了？我什麼時候睡著了？

等等，現在是地震嗎？

開什麼玩笑！

林少恆立刻翻身下床，發現震度不小，居然站不太穩。

不過他腦袋突然意會過來一件重要的事，點開手機一看，上午七點三十二分。

接著地震速報以非常快的速度彈出畫面。

震央就在台北。

收到通報後幾秒內，地震很快就停了，幸好沒有對老建築造成太多損害。此時，林少恆猛然回頭，緊盯昨晚扔在桌面的里奧1號，畫面依然停留昨晚點開的地震警示畫面，視窗跳出，紅色警示不停閃亮。他說不出話，居然被它說中了，這怎麼可能……他感覺整個世界又在晃動，彷彿地震還沒結束。

5.

大屯火山爆發的消息傳得很快，尤其環太平洋火山帶有關的國家特別關心，如日本、韓國、印尼、菲律賓等國都第一時間關注並報導，深怕自己國家也會影響。

雖專家大都認為這次的爆發是小規模，對台北市區影響有限，政府為了避免後續災情變化，以及擔心本次爆發的七星山再度出現意料之外更劇烈的噴發，除了發送災防告警訊息之外，也針對北投、士林等區居民進行緊急通報，並將受到火山灰和火山碎屑流影響較嚴重的地區，進行強制撤離與安置。整體過程投入上千名的消防、義消與國軍部隊，幸好先前有進行災害防救相關的預演，進行過程還算順利。但火山灰飄散的速度很快，而且又會和雨水結合，造成的不便讓許多地區頻頻出現交通意外，台北松山機場也暫時關閉。

找回記憶的林少恆坐在事務所看著新聞，不是特別擔憂，主因他事先用里奧1號查詢過未來幾天情況，這次的爆發已經是近日最嚴重的災情，不會發生像電影那般火山熔岩沖進市區的末日場景，那位在談話節目分析的火山專家預判沒錯。但對民眾來說，政府做得永遠不夠，眼前的火山彷彿是一顆龐大的未爆彈，已經開始有車潮湧出台北市，各地都出現車陣回堵的問題。他看向灰濛濛的天空，心情還是挺沉重的。

林少恆手上的YouTube影片還停留在他預言火山爆發的畫面。

找回記憶的他，雖然知道未來的火山災情不會更嚴峻，但仍有其他事比空中的火山灰還要沉重，黏膩地覆蓋在他的心上，甩都甩不掉。

那是在他公開進行預言時發生的事。

在他臨時起意利用里奧1號成功預測清晨的地震後，對它的預測能力還是半信半疑，直到私下再度成功預測幾個天災，林少恆發現這儀器的準確率幾乎接近百分之百，就算誤差也僅是半天的時間。

即使天災預言儀器對他來說是一個非常荒謬的存在，但此時不得不承認它眞的有用。

他忽然意識到一件非常關鍵的事，他終於可以不用依靠只能說謊的鬼魂們。面對災難預言，他過去僅能依賴鬼魂刻意說謊的結果，以刪去法剔除災難的未來預言；但災難的成因、種類、時間、地點組合千百種，就算他多會推敲，預言成功率依然停留在五成。雖說這已經很難得，但對顧客來說，不準就是不準，預言就是零或一的結果論。

他知道自己一舉翻身的機會到了。

林少恆想了一個大膽的計畫。

要將接下來世界各地可能出現的災難預言上網公開。

而且並非預錄上傳，採用的是直播形式。事先發訊息通知許多媒體的公關部門，但得到的回應寥寥可數，因此正式直播那天，前來看熱鬧的網路鄉民居多。

「……感謝所有正在線上收看直播的觀眾，我的名字叫林少恆，是台北一名算命師，近幾年相信大家都曾聽過不少公開預言各種天災的預言家，但我保證各位從來沒見過像我這種，可以明確指出未來發生災禍時間與地點的預言家。或許各位會覺得我又是另一個出來騙流量的傢伙，但我敢以個人名聲發誓，強烈建議各位認眞看待我今天講的內容。」

林少恆瞄了一眼角落的直播收看人數，僅有可憐的34位。

「又是一個想紅的騙子！」

「好無聊，這種老梗現在還有人想看嗎？換個正妹來直播啦！」

「居然敢直接講時間和地點，這傢伙很有勇氣啊！」

留言區各種言論都有，就是沒人把林少恆的話當眞。

與林少恆當初的預期落差太大，但他沒有氣餒，簡短幾句開場白後，立刻點開手邊里奧1號的螢幕畫面。

「根據個人獨家的預言方法，我可以預言世界上所有重大的災難，我曉得大家可能難以置信，但我的確能辦到，現在就先透露幾個給大家知道。」

「我看看……有了！最近一個，三天後，紐西蘭北部外海將出現芮氏規模7以上的地震，同時更有機會導致海嘯警報。」

「下個月十一號，日本琉球宮古群島會發生規模6的地震，住在台北的人可能會有感。」

「同時下個月二十四號，美國關島會有颱風侵襲，造成大規模的停電，甚至有進入緊急狀態的可能。」

林少恆隨意點著螢幕各種天災類別，各種災害看得他眼花撩亂，光是挑出並唸出來預告給觀眾知道就費了他不少時間。

但就在林少恆直播公開近期世界各地將出現的災難預言，提出接下來可能發生致災的所在區域與時間。由於話題吸睛，前來觀看的人數迅速激增，但絕大多數都是來看笑話，僅有極少數認眞看待可能性，但也紛紛提出相關監測數據，認爲林少恆不過又是另一個騙取流量成名的三流預言家，沒有一個人相信他。

林少恆直播當下，面對大量洗版謾罵的網友，雖沒有顯露太多不滿，這是他第一次面對群眾的力量，不免內心也有些動搖。但他並沒有把里奧1號的螢幕直接秀在直播鏡頭前，只是告知群眾藉由自身的神祕儀器可以進行預言，稍微讓觀眾看見儀器外觀後，然後把它平放在桌面鏡頭照不到的角度，一邊提出自己的災難警告宣言，不時輸入「地震」、「火災」、「颱風」等常見災難，並直播說出里奧1號當下呈現的天災預言資料。

但網上的噓聲持續。

林少恆心一急，看見「火山」的分類，好奇點進去，以及把日期欄位調整至未來五十年，想再次看看還有哪些更聳動的天災即將在預言系統裡出現。

里奧1號運轉了幾秒鐘。

一個紅色的警示符號彈出。

赫然發現，大屯火山即將於一個月後噴發！

他以爲自己眼花，但再次輸入運轉後，系統居然又給出一樣的災難預言。

當下，他知道這個預言，比剛剛預告的所有天災預言更需要被世人知道。

「最後，我要再預告一個天災，一個月後，大屯火山將會噴發……」

林少恆將系統呈現的資料在鏡頭前唸出。

這時，直播已接近尾聲，觀看人數也來到新高。

腦袋熱熱脹脹的，不知道是因爲自己被關注的感覺沖昏頭，還是看見里奧1號提出火山爆發的警告預言。

忽然間，他才注意到預言火山爆發的系統介面有些不同。原先一直在日期旁呈現「預測」的綠色圖樣，不知何時變成紅色圖樣，中央有個黑色驚嘆號。

心想自己有按到什麼奇怪按鈕嗎？他過去從來沒見過這個圖示。

一連按了幾下黑色驚嘆號，卻無法進行任何改變。

他仔細看著，紅色圖樣底下有一行過去不曾見過的白字，寫著「製造」二字。

一開始先是困惑，然後頭皮瞬間一陣發麻。

我剛剛按到了什麼？

「製造」是什麼意思？

在慌亂中，急忙將直播草草結束。

連線終止。

林少恆手裡的 YouTube 預言直播停留在最後幾秒，定格看著一個月前窘迫的自己，回想火山最終如自己在直播上預言的結果，噴發日期絲毫不差，他的心情十分複雜。

在歷史上，恐怕無人有辦法進行如此準確的預言。不用上網或看電視，他都知道目前外界除了救災與避難新聞外，大概就屬他這名橫空出世的無名預言家被討論得最爲熱烈。

突然爆紅的結果，早已超出當初預期，卻沒有讓他興奮太久。

林少恆不斷回放最後幾秒的直播錄影，雖然在關閉直播時，鏡頭不小心照到部分里奧1號的畫面，應該沒人會特別注意螢幕的資訊。

應該吧……

但這不過是安慰自己的話，他把螢幕截圖下來放大，寫著「製造」二字的黑色驚嘆號依然清晰可辨。

里奧1號除了「預測」災難功能之外，居然也有「製造」災難的能力。

林少恆驚愕地不知該如何是好，直到火山爆發前，他還在祈求這條預言最好失準，單靠直播前半段的幾則預言，準度就夠讓世人訝異了，他氣自己爲何要多事點進火山的災難分類查看。

但詭異的是，里奧1號的介面操作他在決定開直播前，其實早就已經摸透，當時根本沒有什麼製造天災的功能，也不會出現紅色圖示與黑色驚嘆號。

這到底是怎麼回事？

所以……大屯火山是被自己用儀器製造出來的……？

他不停推敲各種可能性，抱著頭，痛苦地做出這個結論。

現在我該怎麼辦？

他想逃，可是要逃到哪裡去，在預言成眞的那一刻，自己的臉早就成爲各大媒體播放的頭版。但不逃，說不定未來某一天，會被戳破這場災難就是他製造出來的，況且直播畫面一角，清楚拍到里奧1號的介面，遲早被人揭穿……

林少恆苦惱地在原地來回踱步。

「欸，阿恆，不覺得你是被陷害的嗎？」

鬼魂張誠蹲坐在角落，看著事務所的電視，正播放大屯火山爆發的空拍畫面。

「咦？你說什麼？」

「就我來看，如果你對儀器的操作沒有失誤的話，應當不會出現過去系統不存在的功能按鍵才對。」張誠指了指林少恆手上的手機：「里奧1號會不會跟手機一樣，有自動更新的功能啊？」

「幹！我怎麼沒想到！」

林少恆一拍桌，桌上水缸裡的金魚嚇了好大一跳，鑽進底下人工礁的造景裡。

「這麼一說，我覺得這個機會不小耶，畢竟阿恆你這一個月在玩這台儀器的時候，我也在旁邊偷看，確定沒有什麼警告的紅色圖示，也沒有製造天災的按鈕呀。」吳文心恍然大悟，不停點頭說。

「什麼玩！我很認眞幫人類預告未來的災難好嗎？誰叫你們只能說謊話，明明看得見未來，都不透露。」

「怪我們囉，也不想想這是誰開始的。」

吳文心瞪他一眼。

「我倒覺得，是你自己故意要成名，動手讓火山爆炸吧？也只有你能摸到那台儀器而已。」

一直在沙發不吭聲的瘋狗徐志益突然開口。

「怎麼可能！我也住在台北耶！炸了我要跑去哪？」林少恆不滿地回嗆。

「所以你才設定成最小規模的爆發啊……嘿！越想越有可能。欸，張誠、吳文心，還是我們去報警，抓走這想成名想瘋了的魯蛇預言家？早說最該被判入監的明明是你，當年要是被關的是你，你也沒種來找我報仇，說不定大家現在都還活得好好的。」

徐志益一直還在不滿當年二人那場架，只有他被送少年法庭開庭判入少觀所，導致他在颱風天前來尋仇的往事。

「靠！到死還忘不了！」林少恆嘴上罵道。

「你說什麼！」瘋狗從沙發上跳起，一副要和林少恆幹架的模樣。

「別以爲變成鬼我就怕你。」

瘋狗徐志益就算變成鬼魂外觀不會變老，就連個性也和高中時一樣完全沒改變，眼珠子快噴出火來。如果他此刻能拿刀，想必一刀捅死林少恆這個多年來的死敵。

「哼，張誠、吳文心，跟你們倆講個祕密。」徐志益突然話題一轉，就連林少恆也忍不住豎起耳朵。「還記得林少恆剛拿到儀器，成功預測台北出現地震那天吧，這傢伙晚上跑去樓下酒店喝酒喝嗨了，居然對著儀器胡亂輸入一些東西，他以爲沒出現在事務所，就沒人看見。」

林少恆一頭霧水，依然嘴硬：「我哪有輸入什麼奇怪的東西！」

「我親眼看見儀器螢幕的畫面，停在可以手動輸入災難的地方，輸入什麼你自己清楚。」徐志益說。

「我才沒有輸入什麼……」林少恆還想解釋，突然愣了愣，問：「你看到了……？」

徐志益眼神充滿勝利的模樣，沒有回話。

「阿恆你輸入了什麼啊？」張誠忍不住好奇。

「因為剛拿到里奧1號，我還不是很相信它的功能，所以我隨便輸入災難，但……但那只是在預設排程的模式而已。」

里奧1號有個模式是手動輸入天災，進而搜尋世界各地未來會發生的地區與時間，但林少恆沒講完的是，他發現其中有個反白上鎖的頁面，也可以輸入災難，更可以預設發生的時間與地點，只是無法發送與確認。當時他覺得奇怪，後來心想這功能八成是沒開啓或尚未完成，因此膽子也大了起來。

「阿恆你快說啊！」吳文心也忍不住催促。

「我輸入……台灣沉沒。」林少恆在三個鬼魂的逼迫下說出，尷尬地很想找個洞鑽進去。「我當時喝多了，不過那個排程功能被鎖定，無法使用，這個我還有印象！」

當時他其實對這儀器不太信任，甚至抱有測試它的想法，因此隨意輸入各種天災不以爲意，主因是上鎖的狀態，他認爲介面功能是失效無法作用的，才敢如此亂玩。

「我的媽啊！如果眞的發生還得了！比火山爆發還誇張，等等……」張誠忽然想到什麼，接著問：「後來排程取消了對吧？」

「這個嗎……沒有，因爲功能上鎖無法使用，我早就忘記這件事了。」林少恆忽然一愣，驚呼：「等等，如果里奧1號的系統被人更新了，萬一連這個上鎖的製造天災的排程功能也被解開……」

「那你就眞的死定了。」吳文心忽然補上一句。

「不然張誠你偷偷跟我講未來會不會發生台灣沉沒好了？你們不是都看得到未來……唉，算了算了，當我沒講，別用那種眼神看我。」

「如果這是既定的未來災禍，我們雖然不能講，但一定知道。不過奇怪的是，透過這個里奧1號製造出的災禍，很詭異。」

「詭異？」

「就連我都看不太懂，就像介於會發生和不會發生之間，兩種未來都能看見……靠！我講這麼多，會不會死啊？」鬼魂張誠心思單純，趕緊轉頭看向吳文心，深怕自己違反規矩。

吳文心對他翻了翻白眼，但沒有出聲阻止。

林少恆臉一陣白：「算了，不爲難你，我直接看看里奧1號的系統就知道！」

他今天經歷了被黑道奎和會綁架、火山爆發、頭部外傷失憶、協助救護員許惠晴開車救人，奔波整日，直到返家後現在才有空休息。現在他記憶回復，又推敲想起自己很可能是引爆火山的凶手，甚至讓台灣沉沒消失，若不是他從小膽大、少根筋，一般人早就堅持不住崩潰了。

「你把儀器藏在哪啊？」張誠好奇問。

「先等一下，我看看現在能不能拿到。」

林少恆小心翼翼地來到窗邊，推開窗戶縫隙，伸手到小陽台種有星點海棠的盆栽摸著，說：「……有了！」

「你居然把這麼重要的東西放在外面盆栽裡！」吳文心忍不住叫道，簡直快受不了。

「放心啦，我有放在防水袋裡面。」

「才不是這個原因！」

現在夜已深，事務所樓下居然仍有幾名陌生人還在守候。有些是記者，還有看完預言直播想見他一面的民眾，而林少恆發現在條通遠方巷弄的一角，有另外一個穿著西裝的男人，正牢牢盯著二樓的預言事務所，視線望向陽台窗戶，眼神像隻老鷹。林少恆發現他後，立刻收手關窗，他懷疑對方是奎和會派來監視他動向的幫會成員，畢竟奎和會近期風頭正盛，綁走的人跑了，面子一定掛不住，就算幫會老大奎哥還在醫院，底下的幹部一定想把他抓回等待發落。

幸好他手腳夠快，立刻抽回，里奧1號銀色的外殼，正好端端地裝在透明塑膠袋裡。

他不敢開大燈，直接躺到自己房間床上，點了點里奧1號的螢幕。

沒有反應，漆黑一片。

「靠！不會吧，應該沒有進水故障吧……」林少恆緊張地再試一次，還是沒反應，忽然想到或許是沒電了，翻身從床頭書架上找了相容的充電接頭插上，終於出現啓動的電子音。

「還好沒壞，嚇死我了！」

等待里奧1號重新啓動連線和充電至最少需求的電源還要一分鐘，林少恆躺在床上，趁機想喘口氣，死命不讓疲憊不堪的自己睡著，再撐幾秒鐘就好……

但整日出乎意料的事件讓他耗盡最後一絲氣力，完全無法抵抗柔軟的棉被。

當里奧1號螢幕閃出柔和白光，完成連線時，林少恆早就沉沉睡去。

當林少恆陷入沉睡時。

深夜的條通暗巷，一名穿著深灰色西裝的高瘦男子，他倚靠在髒污潮濕的巷角牆面，卻不以爲意，因爲他待過更髒的地方，那簡直跟地獄一樣。

多數人不會知道，從溫暖的家變成碎石鋼筋構成的地獄，只要十幾秒的時間。以前曾受困地震倒塌的住宅裡，聽見家人從喊痛的呻吟，到幾乎無聲的喘息，僅過去一小時的時間。後來他才知道，水泥是一種能吸熱的材料，能夠吸收液體與熱量，如果屍體埋得夠久，會慢慢風乾成木乃伊的狀態。

萬幸他沒見到這種畫面。

具體來說，他被掩埋在廢墟般的建築結構裡，距離事發超過七十二小時，如果不是「導師」派成員來協助救援，恐怕以當時的救難人力，他不可能有被發現的機會。

男人有著一張稜角分明的瘦臉，穿著合身西裝，潛伏在暗巷，會裡的成員大都叫他阿凱，唯獨最敬愛的導師會稱他「梟凱」。導師會這麼稱呼一定有他的原因，絕不是因爲他生來一雙像鷹隼般銳利的眼睛，而是看重他非凡的執行能力，就像是一頭夜行的猛禽。

梟凱注意對街二樓預言事務所好長一段時間，也認出戴著緊急救護員帽子僞裝的林少恆，就這樣從一堆記者和群眾面前進入樓下的日式小酒店，那些人眞是太沒用了，他替這些人錯失機會感到惋惜。

但梟凱沒有任何行動，他只是靜靜觀察著，摸了摸口袋裡的手機，確認沒有進一步的指示。他還可以繼續等下去，比起埋在建物廢墟裡等待救援，這條暗巷根本是天堂。

6.

如果不是急促的敲門聲，以及間隔三秒就響一次的門鈴，林少恆應該可以一覺睡到隔天傍晚。

林少恆睜開眼，窗外還是亮的，應該才中午左右。

「誰啊……」他花了點時間讓腦袋重新適應。

一個金屬的物體壓在他的背下，是充好電的里奧1號。觸碰到冰涼的儀器，一下把他拉回現實。

從密集的門鈴聲響來判斷，來的人不但急，而且還知道有人待在家，否則不可能這樣按門鈴，簡直就是要把人吵醒。

「好吧，你的確成功了。」林少恆坐起身子，才正要去開門，忽然想起不對，立刻走回床鋪拿起里奧1號。

電鈴聲持續，而且還能聽見外頭有人正在說話。人數應該不止一人。

別再按了！林少恆很想大叫，最後還是忍住，立刻把輕薄的里奧1號塞進事務所桌上其中一個精緻包裝的塔羅牌卡盒內，大小剛好與儀器貼合，再拿起另外幾盒塔羅牌和空白命盤紙張放在上方。

完美無痕。

他走到大門前，從門上的貓眼窺伺外頭情況。

有三個人。

他們衣著整齊，後方是一對男女，穿著一白一藍的襯衫，背對著門正在交談。而按電鈴的男人穿著深色格紋襯衫以及黑色背心，上頭寫著「台北市政府警察局」，中央還有刑警ＣＩＤ的英文縮寫。

三人年紀都比林少恆還大，但目視應該不超過四十歲。

林少恆原以為是奎和會找上門，貼在門上連個氣都不敢哼，但發現對方居然有警察，而且其中一名穿藍色襯衫的男人，戴著銀邊眼鏡，越看越覺得面熟。

警察？來找我幹什麼？他遲疑了一下。刑警似乎沒有放棄繼續按門鈴，看來知道事務所內有人。

「來了來了！」林少恆假裝現在才趕到門邊，開啓一道縫，說道：「有什麼事？今天沒有營業喔。」

「您好，林先生嗎？我是台北市警局的警官，敝姓羅，有事情想請教你一下，麻煩開個門好嗎？這是我的證件。」

刑警語氣和緩，但表情嚴肅，給人不容拒絕的態度。從警察證件得知對方名字叫羅駿。

「警察？我不記得有惹上什麼麻煩啊。」才怪，我把火山弄爆了！但林少恆很自然脫口說出違心之論，只要不是對那三名鬼魂說謊，要他騙騙別人倒是挺容易的。

「放心，只是想請教你一些事情，不用緊張。」羅駿的嚴肅表情勉強擠出點笑容。

看來是位做事認眞的剛直刑警，不擅長掩飾，從他表情來看一定有問題。

「這樣啊……只有你一人要進來？後面那兩位是？」

林少恆把大門開啓。

近距離一看，林少恆認出那位藍色襯衫、銀邊眼鏡的男子。

「你是昨天上電視節目的那位火山專家！」他驚訝地指著對方說。

「您好，我是王向智，沒想到昨天你也看了節目，說得不太好，不好意思。」

這名不到四十歲的年輕助理教授靦腆一笑。

「你們找我有什麼事嗎？」

林少恆邀請對方進入事務所，瞥了一眼室內，鬼魂們都不在，就算他們在也不要緊，只是因爲人數有點多，林少恆不太喜歡坐在瘋狗徐志益常待的沙發附近，見他沒現身，自己拉了幾張椅子，邀請他們入座。

這名火山專家似乎對預言事務所內的裝潢擺飾很好奇，不停地張望。

「原來就是在這裡直播的。」火山專家忍不住說。

「是這樣的，我們對林先生一個月前的預言很有興趣，因此特地來拜訪你一下，沒想到眞的在家，眞是太好了。」刑警羅駿說。

林少恆心想，他應該是早就掌握到自己行蹤吧，但不要緊，先了解對方目的看看：「昨天發生那種災難，你們應該都忙壞了。」

「的確是，警消系統都啓動了，還好平時對這種意外曾有推演過應變方案，雖然還有很多要改善的地方，但至少災害有控制住。」另一名穿白襯衫的女子突然說話，她的年紀最大，應該四十好幾了，俐落短髮，外表體態保持得不錯，明顯有運動健身的習慣，因此林少恆一開始誤判她的歲數。

「抱歉，都忘記介紹，我是孫人澤，目前在災害防救辦公室任職。」

她遞給林少恆一張名片，上頭的正式稱謂是國家特殊災害防救辦公室主任。

「你們……是想問我怎麼知道火山爆發的？」林少恆說。

「沒錯，由於事情發生得太突然，我們還在釐清火山後續的情況，但因為我們早就聽聞你曾經進行的直播預言，所以一接到情資，等災情較穩定，一定要親自來一趟。」孫人澤說。

居然連災害防救辦公室主任都親自出馬，林少恆臉一陣熱，強作鎮定：「我只是一名預言家，以比較通俗的話來說，就是個算命的。」

「我知道。」孫人澤點頭：「你在直播裡說得很清楚。過去也很多人預言過各種天災，我都有特別注意，但我沒見過像你這麼準確的預言。」

「謝謝，希望我有幫上一點忙。」林少恆微笑。

一旁的火山地震專家王向智嘴唇動了動，按耐不住，立刻接話。

「如果方便的話，可以讓我知道你怎麼知道七星山會爆發嗎？你是透過何種方式推算得知的？」王向智推了眼鏡一下，從背包拿出筆記本攤在桌上，上面密密麻麻都是各種數值紀錄，很認眞地說：「大屯火山我們一直都有在監測，像是各種火山氣體、地表溫度、地殼變形等等，老實說，我們是到最近一週才看到數值有些異常變化，我很想知道你是如何一個月前就能預知的？」

「所以你們早就知道火山會爆發？」林少恆眼睛一瞇，立刻察覺問題。

王向智尷尬和孫人澤對視一眼，然後抿嘴點了點頭：「認眞說，其實是三天前。」

「我的天啊！所以你們早知道火山會爆發，卻沒有提出預警？這也太離譜……至少你們也可以幫我解釋一下，不然我在直播裡被罵得好慘。」

孫人澤輕咳一聲，說：「其實過去好幾位預言者都曾提出大屯火山的爆發預言，但站在我們的立場，不太可能替預言者背書，請見諒。」

「那爲什麼不自己發預警？」林少恆問。

「我有做。」王向智回答。「其實一週前，監測火山氣體的二氧化碳濃度出現異常。我解釋一下，二氧化碳氣體是岩漿活動的監測之一，但在那之前剛好下了一場大雨，而雨水又可能把原先土壤裡的氣體向上排擠至地表，使得氣通量增加，雖然這不是罕見現象，只要搭配地震活動和監測地殼變化的傾斜儀，就能更進一步判斷岩漿庫的活動是否有危險。」

「好吧，那問題出在哪裡？」

「在前一週左右，傾斜儀也出現問題，發現全球定位系統觀測站被破壞，而且一次壞掉了三個，這儀器爲了提高穩定性，是用鋼棒和水泥固定在地的，同時壞掉三個不太可能。」

「我們懷疑有人爲破壞。」刑警羅駿突然開口。

「此外，同時也監測到七星山底下有密集的淺層地震，也懷疑是底下的岩漿庫正在活動，但這些監測結果並非第一次發生，我們都還在研究當中，全球定位系統也持續修復，但事情發生得比我想得還快……」王向智停頓了一下。

「等等，你剛剛提到說有發預警？那爲何沒人收到？」

「是我決定的。」孫人澤立刻回答，又看向林少恆：「不能怪你，但你的預言間接導致這場意外發生。」

怪我……？林少恆內心一驚，心想難不成眞的被看見里奧1號系統介面上的製造二字，懷疑是他引爆這場火山天災？但從孫人澤的反應來看，感覺不太對勁，立刻冷靜下來，忽然發現王向智正偷瞄了旁邊災害防救辦公室主任一眼。

「靠！難不成是因爲我預言在前，你們以爲我又是一個出來騙人的預言家，刻意想拖過我預言的日期吧！」林少恆大叫。

沒人接話。

幹！中了！林少恆心中大罵。

他很熟悉這種反應，每次那些來找他算命的客人，扭扭捏捏不肯透露關鍵訊息，被他當面推敲拆穿時大都是這樣的反應。

「雖然不想這麼說，但大致上是這個意思。」孫人澤沒有掩飾，大方承認。

「果然是這樣。」

「我想事情既然發生了，我們當然得負起責任，只是爲了未來的防災需要，不曉得你方不方便告訴我，你究竟是如何提早預知火山爆發的？」孫人澤坐挺身子說。

王向智也挪動了一下椅子，眼神期待。

這下換林少恆頭疼了，他知道無論如何都不能透露能預言天災的里奥1號太多訊息。撇除因爲不想讓外界認爲政府是跟著預言家後頭走，選擇刻意隱瞞拖延預警之外，他其實對政府並無特別排斥。但如果被人知道這台儀器的眞實功能，一定會詢問有關它的來歷以及用法，甚至發現自己亂玩介面，搞不好還會以什麼危及群眾安全的疑慮收走。那豈不是虧大了？

幸好，他還有另一個無法取代的王牌。

「一般來說，我是不會隨意透露給外界知道，甚至大部分上門的顧客，我也不會用這招，但你們都跑這一趟了，我想還是解釋一下比較好。」

林少恆故弄玄虛地把桌上的黑色絨布拿起，在他們眼前晃了晃。

「就靠這塊布？」孫人澤眉頭皺了皺：「靠它就能預言火山爆發？」

「當然不是，能見到未來災禍的是我，這塊布只是輔助道具罷了。」

林少恆簡短敘述他有著奇特的感應能力，可以在瀕臨死亡的絕境，看見眼前之人未來會碰上的災禍，但由於風險太大，因此這招他不常使用等等。另外他也具有與鬼魂溝通交流的特異體質，能確認災禍可能發生的時間、地點或起因。

唯獨他沒把鬼魂只能對林少恆說謊，不能告知正確未來的限制透露，但也沒這個必要。

「就像此時在事務所裡，就有一個鬼正躺在王教授你旁邊的地上。」林少恆裝得若無其事，隨意一指地面。

那是鬼魂張誠，在方才他們談話時好奇現身，但發現事務所椅子幾乎都被佔滿了，只好隨便找塊空地一坐，無聊到差點睡著。

張誠沒預期林少恆突然指著他，搔了搔腦袋，話題居然帶到他身上，嘴巴張大，雖然知道外人見不到鬼魂，但自己的坐姿實在太隨便，尷尬地跳起，碎碎唸，往林少恆內部的房間走去。

「我旁邊有鬼……？」王向智不敢置信地望著地面，然後抬頭看著周遭。

「是啊，但現在只有一個，其他不曉得跑哪去了。」林少恆說。

「所以……你就是靠這個方法見到火山爆發的預知畫面？」孫人澤半信半疑地

說。

「完全正確。」林少恆嘴角揚起。

孫人澤和王向智同時陷入沉思。

他們似乎一時無法接受這個答案，但打從他們決定踏進這間預言事務所時，早就做好會碰上超乎常理的回覆。老實說，他們期待的是更符合科學邏輯的方式，而不是這種無法驗證的超自然方法。

「好吧，我知道了。」孫人澤深吐一口氣，感覺有些無奈。

「另外，我有觀看你的直播影片，請問你是不是一直拿著一台像平板的電腦，是不是跟你的預言準確度有直接的相關？這平板的原理方便解釋一下嗎？由於你預言的災難很多，我想你應該是把筆記做在裡面，不曉得，我方不方便看一下內容？」王向智不死心，依科學家的個性，不可能就這樣放過能知道災難預言的一切方式。

「啊……電腦？這個嘛……那只是我拿來提醒自己的直播流程筆記，沒什麼特別的。」他急忙解釋。「而且那只是一般的平板電腦，能準確預言主要還是依靠我特殊的個人能力，只是這點我在直播裡無法特別強調，畢竟講出來大家都不相信吧。」

林少恆一邊說，一邊觀察三人的反應。看起來他們並沒有懷疑。

「抱歉，我不是故意打探你的商業機密，只是這件事，可能攸關到所有人的性命安全。」王向智說。

「所有人？」林少恆一驚，問：「不可能吧，依我的預言，大屯火山群不會有再更進一步的爆發，最多造成幾個鄰近區域的交通大亂，以及建物車輛一些財損，你們是專家，應該知道這規模算小的。」

孫人澤忽然壓低音量，俯身說：「我現在要講的是機密，不能向外界透露，也不能開直播，如果你同意，麻煩在這張紙上簽名。」

「機密？」林少恆看著遞來的紙張全都是條文，幾乎都是保證不能對外透露相關訊息的懲罰條例，但就是沒提到剛剛說的機密內容。

林少恆狐疑地說：「要簽沒問題，但我能不能先聽聽看內容再說？」

「不行。」孫人澤聳了聳肩，她雖和善，但也很堅持。

「我想也是。」林少恆腦筋轉得很快，心想只要有里奧1號，他要預言什麼天災巨禍都能辦到，其實不差這一件。另外他先前從里奧1號系統內，並沒有看見什麼毀滅性的大災難預言，因此好奇心也被勾了起來，很快簽了名：「好了。」

孫人澤朝王向智點了點頭。

看來負責解說的是這名年輕的助理教授。

「你知道除了大屯火山底下有岩漿庫之外，還有一個隱藏更巨大的危機在整個台北底下嗎？」

「還有比火山更大的？」林少恆以爲自己聽錯。

「聽過山腳斷層嗎？」王向智在他的筆記本翻出一張台灣地圖。

一條紅色的虛線呈現東北至西南走向，劃過台北盆地西邊與林口台地交界，由樹林區一路延伸至北投，然後穿過大屯火山再到金山，全長數十公里。

「以前在新聞見過，但這斷層不是沒什麼活動？」林少恆思索一下，因爲進行災難預言做過類似的調查，記憶中這是一條貫穿台北市與新北市的超長斷層，但因爲地震週期長達七百年，距離上次台北大地震約三百年，才一半左右，因此沒有特別擔憂。

「很抱歉，那是用以前的數據做出的結論。」王向智翻開筆記本的其他頁，上面滿滿來自各監測站和其他觀測單位得到的最新數據：「由於大屯火山群的七星山已經出現噴發，且近期台北地震頻繁，我反覆研究這一陣子監測到的所有活動數據，我很擔憂大規模的災難發生。」

「像九二一大地震那樣？」林少恆問。

「嚴重多了……因爲低窪帶過度開發，除了建物倒塌外，土壤液化，海水從淡水河淹入，台北盆地多數區域則會下陷淹沒。我以前也認爲這是幾百年後才會面對的悲劇，或者至少不會在我們這一代發生，但從最近的數據觀測和火山活動，我覺得有必要提出警告。」

這名火山地震專家逐一分析即將發生在台灣北部的駭人未來，語氣彷彿在說一件發生在遙遠國度的末日預言，而林少恆知道這是人類的自然反應，否則人面對猶如恐怖電影的場景，根本無法好好生活下去。

林少恆聽完後，腦袋嗡嗡作響。

——**台灣沉沒**。

腦海浮現這四個字。

難道……又是我惹的禍？林少恆恨不得把藏在卡盒裡的里奧1號當場拿出，檢查預排製造天災的上鎖系統功能到底是什麼狀態。他想到這裡，簡直無法坐定。

「所以，你們這次打算公開給大眾知道嗎？」林少恆盡力按耐激動情緒。

「這就是我們來找你的目的。」孫人澤直視他的眼睛說。

這名災害防救辦公室主任眼珠看來清澈，正微微晃動，直看著林少恆，感覺得出她正陷入巨大的兩難中。

林少恆回望直盯他的三人，瞬間明白了一切。

他們希望藉由這名曾成功預告火山爆發的預言家，再次確認未來的末日場景是否會發生。

「依你的數據來看，斷層何時會發生活動？」

「從模型來估算，如果樂觀一點，我認爲不會超過七年。」王向智回答。

林少恆陷入沉思，他知道這是一個尷尬的時間，就算遷都或者進行都市更新，實際上花費的時間可能需要更久。「那保守一點呢？」

「或許明天或今晚都有可能。」王向智痛苦地回答：「但我個人傾向是一週內，將有規模7以上的地震發生。」

「我的媽啊！」林少恆胃突然抽痛起來。規模7的地震如果發生在台北，這裡有太多老舊的建築根本經不起這樣的巨震，會有多少人民傷亡，他簡直無法想像，這時突然想起另一件重要的事：「王教授，你們有沒有去問過跟你一起上節目的錢老師？他過往的預言實績比我準確多了。」

「誰？」孫人澤轉頭問二人。「難道是那位……」

「曙光會的創始人，錢正隆。他的確成功預言過很多災難，但他的做法有些爭議……」王向智回答。

一直在旁聆聽並記錄的刑警羅駿，突然補充：「警方有在密切注意曙光會的動向，他向會員收取高昂的入會費，可以提早得知錢正隆的預言內容，這並不是祕密。」

「但是他很準。」林少恆其實有點崇拜這名業界的大前輩，在面對如此重大的預言決策，他有點意外自己居然是想到這人。

「或許他以前很準，但經過昨天之後，我們想聽的是你的意見。」孫人澤面對關鍵時刻氣勢逼人。雖然她沒有移動位子，卻給人壓迫向前的感受。難怪她年紀不大卻能坐上這個職位。

「好吧。」林少恆知道自己無論如何都得再用一次那個險招。

他把黑色絨布拿起，壓進桌上的水缸，等完全浸濕吸飽水，厚重得像本書。

「等等你們都不要移動，但也不要擔心，我不是第一次這樣做了。」林少恆深吸一口氣，接著緩緩把肺部的氣吐出，將濕透的黑色絨布蓋上自己的臉。

傍晚時間。

等到孫人澤、王向智，及刑警羅駿離開預言事務所時，臉色相當古怪難看。

他們以半強迫的方式，要求這位成功預言大屯火山爆發的年輕預言家，進入瀕死的狀態，只爲了再次確認觀測到的數據眞僞，想提早得知短時間內的台北，甚至大半台灣是否都得面臨陷落下沉的末日危機。

孫人澤覺得自己上次的失誤已經不可原諒，經過今天之後，她的靈魂彷彿又多了缺陷和污穢。

想起這名年輕預言家剛才冒死窺看的未來災禍，她正猶豫是否要完全聽信，畢竟這不是一個科學論證得出的結論。

不對。

其實基於科學的監測數據早已攤開擺在我們面前，是我們不願意接受而已。她側臉看了一下同樣臉色鐵青的火山地震專家王向智一眼。

「我看到建築斷裂，四處都是揚起的灰燼和斷裂的鋼樑……還有很多慘叫呼救聲……好多人都死了……」林少恆痛苦地扯掉差點讓他窒息而亡的黑布，艱難說話的畫面，深深烙在孫人澤眼底。

台灣沉沒。

而這只是開始而已。

「我們可能沒有選擇了，得儘快通知高層，進行必要的撤離計畫。」孫人澤說。

「妳打算怎麼做？大地震可能發生的時間，從現在此刻到七年內，隨時都會發生，妳要跟民眾怎麼解釋？這會讓群眾無法應對，甚至讓社會秩序崩壞的！」王向智艱難說道。

「我不打算立刻公告。」孫人澤咬著牙，她不是不曉得這區間太過廣泛，幾乎無法做出全面的應對。「現在撤離中央部會與重點官員也來不及，我們的社會依然需要他們。我打算先找理由祕密撤離各部會副首長，至少保住替代人力，而資料幾年前都在其他縣市的伺服器雲端早有備份，這點不用擔心。」

王向智瞪大眼：「妳打算先瞞過所有主官及群眾？」

「在情況不明的時候貿然公開，才是犧牲所有人的做法。」孫人澤繼續說：「雖然剛剛林少恆預見未來的確發生了巨災，但他無法給出具體時間，這點我有點介意，我不知道他是能力有限，還是有所隱瞞，尤其他剛剛提到的錢正隆，我對他的曙光會有點好奇。唉，這些預言家我以前都只當他們是騙子……沒想到有一天居然得靠他們。羅警官，這件事可能得麻煩你了。」

一旁默默聽二人說話的刑警羅駿點了點頭，從背包拿出一個資料夾，內頁夾著一張彩色放大的高倍數照片。

是林少恆一個月前的直播預言畫面，他手裡的平板螢幕上有「製造」二字，字體在高倍數放大下清晰可見。

「我會去調查清楚，他很明顯在隱瞞些什麼。」羅駿回頭注視條通巷弄裡這間預言事務所，接著心想：還有他是怎麼拿到這個東西的？

7.

在孫人澤三人離開預言事務所後，林少恆又坐在事務所休息了好一陣子，王向智很擔憂他的身體狀況，畢竟冒死觀看未來稍有不慎，就得賠上一條性命，原本要叫人來送醫觀察，但被他婉拒。

林少恆獨自坐在椅子上，三名鬼魂都不曉得跑哪去了。

瀕死窺看未來災禍畫面所耗費的精神與體力一次比一次還大，他不曉得能這樣再做幾次。但在預知的畫面裡，他的確見到倒塌的大樓，裸露的鋼筋，以及更多死傷人群，一如往常，他沒辦法見到這是發生在何時的悲劇，這個限制一直讓他困擾不已。

至少他清楚，這件事的起因就是王教授等人說的斷層活動。

但就如孫人澤猜測，他的確有所保留，好多預知畫面一閃而過，他沒有當場說出。

在畫面裡，倒在崩塌建物裡的人，有他見過的面孔，而且不只一位。

曙光會錢正隆、國家特殊災害防救辦公室主任孫人澤、火山地震專家王向智、及刑警羅駿，他甚至見到先前在陽明山救過他一命的緊急救護員許惠晴。

但唯一讓他感到無法理解的，是一位跟自己非常相似的人影。

全都在損壞建物裡，倒地昏迷不知是死是活。

林少恆第一次在預知畫面中見到自己，太過震驚，甚至懷疑這個預知畫面的眞實性，是否爲火山爆發時頭部外傷引起的幻覺？他選擇沒有當下說出，只想弄清楚這一切的原委。

等他稍微和緩後，第一個動作，便是伸手把那個精緻的塔羅卡盒打開。

我要搞清楚，這一切的起因是不是自己闖的禍！

卡盒蓋子一掀。

數張精緻的塔羅牌散落在桌面，裡頭空蕩的空間，簡直快要吞噬掉他剩餘的精力。

「不見了……這怎麼可能！」林少恆抓狂似的倒出所有卡牌，以及把所有桌面上能裝進里奧1號的空隙和紙張全部都翻遍，就是找不到這個小小方形的天災預測儀器。

鬼魂張誠聽見動靜，緩緩從事務所內側晃出，問：「你怎麼了？」

「不見了！我明明把里奧1號放進卡盒藏好！怎麼可能……」林少恆抱著頭大叫，又說：「你剛剛有沒有看見是誰拿走的？」

張誠搖搖頭：「我剛剛都在裡面，誰叫你突然點名到我，對了，會不會根本沒放進去啊？」

「不可能！是我親手放的。」林少恆覺得自己的世界快要崩塌。

他辛苦弄了一場直播預言，全世界人都覺得他是未來的預言大師，然後又背了大屯火山爆發的黑鍋，儘管外界可能還不清楚原委。現在他急著想確認自己當初無聊輸入的台灣沉沒的預排天災，是否眞的如想像中啓動，但這里奧1號就這樣在自己眼前憑空消失！

這怎麼回事？

「等等……在我眼前消失？」林少恆強迫自己冷靜下來，他不斷對自己的理智及慌亂情緒喊話。想想如果我眞的放進去藏好了，而且東西明明就擺在我眼前，那只有一種可能。

有人趁他蒙上黑色絨布時，將里奧1號從他眼前偷走！

而且竊走儀器的人，就是剛才的三人之一。

或者……這三人都是預謀好的？

「我真是蠢爆了……」林少恆喃喃自語：「這下好了，接下來該怎麼辦？」

「東西被偷，還不搶回來，難道火山爆發的黑鍋就這樣算了喔？根本廢物一個！」

一個尖銳不屑的男聲從沙發處傳來。

是瘋狗徐志益。他不知道什麼時候回來了。

要是張誠或吳文心罵他，可能只能摸摸鼻子難過懊惱幾天，但他見瘋狗一臉鄙視的臉，胸口一股怨氣無處發洩，立刻回嘴。

「誰說我不打算拿回來了！我還要查出誰害我背鍋，幹！」林少恆不斷大叫著。

區域醫院。

等到火山爆發的災情沒有持續擴大之後，院方數日連續不間斷地將這些因爲燒燙傷、各式外傷等病人處理好，而救護車在此期間也不停運送傷患進入，整個院區忙碌得不可開交。

有一名傷者復原情況良好，許多剛從心肺停止狀態搶救回的病人都無法像他恢復得如此神速，就連語言能力也無大礙，因爲床位有限，很快地便轉到普通病房收治觀察。

一名眼神精悍的男人穿著深色襯衫，走進單人病房，站在這名復原迅速的傷者附近，遠遠觀察著。

二人都是三十多歲，具有超過該年齡應有歷練。

躺在床上的傷患，聽見聲響，疲憊地緩緩睜開眼。

「……是你喔。」奎和會奎哥躺著說道。

這名黑道幫會大哥看起來有些虛弱，但以他遭遇到情況來說，運氣算是非常好的。在心肺停止後從鬼門關急救回來，第一時間又被送進急診治療，幾乎沒有耽擱到，復原情況良好。

「弄成這樣還活得好好的，命也眞硬。你或許不知道，你有幾個小弟還在燒燙傷病房急救，我看他們之後連刺青都免了，只會糊成一團。」

說話的正是刑警羅駿。

從說話的語氣來看，這兩人算是舊識了。

「……沒想到眞的爆了，呵呵，我還以爲那小鬼在唬我，不簡單啊……」奎哥吃力地說：「一開始還懷疑他，是爲了阻止我們在陽明山集會，所以故意搞什麼火山爆發預言……如果知道眞的會爆，我還不閃得遠遠的，就讓對方傻傻赴約還省了一堆事，咳咳……」

奎哥一甦醒，講了太多話，猛咳起來。

羅駿眉頭微微一皺，說：「你認識條通那個算命的？」

「只是交關過，也算認識嗎？」

「怎麼知道他的？」

羅駿眼睛一眯，這是他聽見想打探關鍵線索的反應。

而奎哥雖然虛弱，但腦袋可不差，這細微變化也被他看見：「怎麼？你在查他喔？」

「例行公事罷了，現在外面都想知道這人是如何正確預言火山爆發的。」

「這姓林的年輕人，會通靈啊，看得見未來。」奎哥拿起一個枕頭墊在頭後，坐挺又說：「不過就我所知，他以前沒那麼準，頂多就一半的準確度而已，你想想，只有一半是準的，另一半全是胡扯，挺可笑的。」

「只準一半？那你為何還找他算？」

「沒辦法，這傢伙看起來沒什麼威脅，在條通混居然人脈也沒有，我當時找他也只想額外當線索參考一下，看那幫混蛋想在哪裡做掉我，就當作多一個局外人幫忙想想也好。」奎哥呵呵一笑：「只是沒想到他挺準的，居然猜到我和對方有個新生意的聚會辦在陽明山，這點不得不佩服他。」

過。

奎哥一邊說，一邊側臉觀察這名刑警。就算他們平時私下有往來，也沒啥仇恨，但畢竟立場完全不同，因此奎哥就連敵對幫派是誰，新生意的內容也都模糊帶過。

但奎哥覺得奇怪，羅駿這警察平時精得跟鬼一樣，很難瞞得住他關鍵線索，今日有點反常，看他對各幫會的衝突與新生意卻罕見沒有繼續追問。

「這年輕人該不會幹了什麼大條的，不然你一直問他幹什麼？」

羅駿瞄了這名幫會老大一眼，沒有正面回應，僅說：「聽過曙光會嗎？」

「廢話，當然知道。」奎哥嘿嘿一笑：「這姓錢的，眞是厲害，收了大筆入會費，提早跟會員透露預言內容，好讓會員事先因應準備，就連股災也行，幹！要是我也有這種特異功能，我還混什麼江湖，這好賺多了。」

奎哥越講越興奮，差點都忘了自己是走了一趟鬼門關的傷患。

「咦？我知道了！」奎哥一拍手：「林少恆該不會跟這個曙光會錢老師有什麼合作關係吧？靠！一定是這樣，不然怎麼可能突然變那麼準，還能猜到火山爆發，騙鬼喔！」

刑警羅駿沒想到這種可能，沉默一陣後，微微抬頭說：「你這個想法倒是挺有趣的。」

8.

在林少恆預見出現大地震，建物毀壞的末日畫面之後。

經過整整三天，他一直反覆思考偷走里奧1號的凶手到底是誰。

回想當日談話的情景，孫人澤坐在他事務所方桌對面，右側是王向智，左側是羅駿，在他蒙上臉預知未來災禍的期間，任何一人都有嫌疑，也具有能力輕易地打開卡盒，將里奧1號偷走。

若要說，他覺得孫人澤和王向智，兩人皆是處理天災的專業人士，如果這儀器到他們手中，簡直是無價之寶，因此他最先懷疑這兩人。

但一旁默默觀察聽他們對談的刑警，更讓林少恆覺得不對勁。感覺這名刑警似乎對自己有很深的意圖，但說不上是爲什麼。

林少恆反覆思索好久，一直得不出最後結論。

此外，距離一週內可能發生大地震的期限越來越近，他盯著電視新聞，卻沒見到任何相關的報導或預警。知道他們果然又做出先掩蓋消息的決策，但林少恆並不意外，畢竟已有火山爆發的先例。

若不是簽了什麼保密條款，乾脆上網再開一次預言直播算了。

林少恆思緒有點混亂，是不是乾脆離開台北到中南部避避風頭，但一來外縣市沒有什麼認識的親友，再來幾乎三天兩頭就有好奇的民眾在事務所樓下張望，他這張臉去哪都會被認出來，已經失去里奧1號的自己，跟過去的三流預言家沒分別。

「難道我什麼都不能做？」林少恆趴在事務所桌上，感到無力，忽然瞥見房內角落的書架上，印有蛇杖圖樣的帽子。

內心有股微微的觸動。

林少恆想起帽子的主人許惠晴。

在預知畫面裡，她也有出現，可是這到底是怎麼回事？莫非眞的未來災難發生的當下，她因爲救護任務而碰上意外？這可不行，對方救過他一命。

或許私底下提醒即可，反正不要公開講，他們也抓不到。

林少恆一下決定，很快就起身動作，但事務所樓下似乎還有幾名路人，他不確定對方是否眞爲記者之類的，不敢貿然下樓。

還是打電話？

林少恆猶豫幾秒，忽然瞥見帽子邊緣有排黃色的電繡小字，是一個位於北投的消防分隊。他立刻把取得的線索和姓名上網搜尋，跳出幾則新聞報導。

很快找到許惠晴的名字與照片。

原來她今年二十六歲，只比自己小兩歲。過去曾在北部的後備旅服役，以軍醫中士的階級退伍，因為從軍期間頻繁出動救災任務，在退伍後選擇加入救護義消的行列貢獻所長。文中還提到她年少時曾失去過家人，因此特別渴望拯救需要幫助的人。

林少恆看完，內心浮現許惠晴在火山爆發後，單獨一人救治了許多傷患，就連自己也是靠她才能坐在這裡，更是欽佩又是感激。

「管他的！我得通知她一聲才行。」林少恆上網搜尋了她服務的分隊，心想直接打過去找她似乎有些唐突，於是改在社群軟體上搜尋，果然找到一個同名帳號。比對資訊後，確認是許惠晴沒錯。

在這年代，只要有心，任何人都很容易找到另一個人留在網路上的痕跡。隱私簡直比金錢財富還要稀缺。

照片裡的許惠晴笑容很開朗，長髮齊肩，穿著俐落的登山服，站在奇萊山登山口附近拍照。林少恆丟了訊息，先自我介紹一下，靜靜等待著。

還沒過一分鐘，訊息便已讀。

「身體復原情況如何？我今天排休沒在隊上，你找我有什麼事？」

許惠晴很快回覆訊息，看樣子對林少恆還有印象。

「我有重要的事想跟妳說，但不方便在這裡講。」

林少恆打字回覆，清楚既然簽了保密，就得避免後續被人發現的風險。

對方停頓了幾秒，不知是否覺得奇怪。林少恆以爲對方可能已讀不回時，突然丟了一組手機號碼過來。

他立刻輸入號碼，電話響了幾聲後，很快就接起。

「喂……？」一個年輕女子的聲音。

「啊，妳好，我是林少恆，上次謝謝妳幫我。」

「應該的，你也幫了大忙，還好有你，我同事才順利活下來。」許惠晴也很有禮貌地回應：「你說的事是什麼啊？爲什麼不能在訊息裡說，難不成你又要預言什麼災難喔？」

「啊……妳怎麼知道？」

「……不會吧，還眞的猜中了！」

電話那頭聽得出非常訝異。

「因爲某些原因，我取得政府專家的觀測資料，而我自己也用預言方法證實了，最近幾天，台北很有可能出現規模7以上的大地震……」

林少恆在電話裡簡單敘述了山腳斷層，以及當巨大災變帶來的下陷淹沒等情況。

「……喂？哈囉？妳還有在聽嗎？」林少恆發現許惠晴一直都沒有回應。

「抱歉，我沒想到情況會這麼嚴重，你是不是準備直播公開了？跟上次預言火山那次一樣。」

「嗯……這次可能不太方便，我想如果能公開，電視新聞早就報導了。」

又是一陣難熬的沉默。

「那你爲什麼要跟我說？」她突然問。

「這個……」林少恆沒想到她會這樣問，雖然他很擅長臨時編造理由，但此刻卻卡住，完全沒準備好該如何回覆。

「沒關係，不管如何，謝謝你跟我說。」她回覆說。「但這件事不能只有我知道，你曉得如果預言成眞，會有多少人失去生命或家庭。」

「我當然知道，不過……」

「這件事絕對不能被掩蓋，你一定要跟大家提出警告，民眾才能準備！」許惠晴語氣突然變得強烈，嚴肅起來：「你人在哪裡？我去找你。」

林少恆沒想到事態會變成這樣，手機拿在手上遲疑著，掛掉也不是。

「好吧，我在林森北路的事務所，我等等用訊息傳給妳。但我猜這附近都有記者埋伏找我，到的時候不能直接上來事務所，我跟妳改約個地方，也在附近而已。」

林少恆把樓下店名叫「桃」的小型日式酒店跟對方說，雖然現在還沒營業，但他從房間地板通道下去，從一樓內部打開酒店門應該不是難事。

「好，我過去很快，你等我！」

電話掛斷。

林少恆看著結束通話的手機畫面，心情有些複雜。

當林少恆穿過房間地板通道來到樓下，日式酒店一個人都沒有。

不曉得許惠晴爲何一定要趕來見他，如果對方一定要他再開直播警告大眾，那該如何是好？雖然林少恆也不是一個守法講規矩的人，但想起那些違反保密的懲罰條例，這可不是開玩笑的，他一旦對大眾公開，這分明就是跟這群政府官員明著幹。

光想到這裡，頭就有些痛。

一樓酒店燈很昏暗，只留一盞吧台附近的小黃燈。

純姊外出還沒回來，他獨自找張沙發坐著，心想這酒店儲藏室天花板上面的通道還是別修比較好，進出挺方便的，而且他也不擔心樓下會偷偷摸摸跑上二樓。這幾年他覺得純姊越來越像自己的家人，除了樓上事務所那幾隻鬼魂，相處時間最多的就是純姊了。

林少恆獨自在台北打滾這幾年，還沒遇過像純姊那般眞心待人的朋友。尤其她一路走來也不是很順利，過程碰過好幾回遇人不淑的男人，但她總是能笑笑面對種種不如意，毫不埋怨與樂觀個性，甚至有餘力照顧店裡的小姐和初次見面的林少恆。

林少恆過去說過不少謊，直到碰上高中那場差點致死的意外後，收斂了許多，卻因爲算命預言需要，又對客人說了不少謊言。他曾跟純姊聊過類似的話題。

「看來你的工作跟我的很像啊。」純姊笑說。「但說謊也是有點技巧的，一般人可是做不來的。欸，你不覺得謊言很像有自己的生命嗎？它會根據對方喜好，改變它原本該有的模樣。這聽起來是不是很美？哈哈哈。」

「難怪妳一直被男人騙。」

「我自願的。」純姊白了他一眼。

林少恆想起過去的對話，還是覺得好氣又好笑。決定晚點等她回店裡，同時跟純姊警告一下未來可能發生的災變，反正就連許惠晴也講了，不差純姊一個。要是眞的出事，他一定後悔沒跟純姊告知一聲。

但想到這，依純姊灑脫的個性，完全無法預期對方會做出什麼決定，搞不好什麼都不做也有可能。

這時，手裡的手機忽然響了起來。

一個未知的陌生號碼。

林少恆以爲許惠晴已到附近，立刻接起。

「快跑！趕快離開。」

電話另一端，不是許惠晴，而是另一個男人的聲音，語氣有著說不上來的焦急。

「……你是誰？爲什麼叫我快跑？」他覺得一頭霧水，但對方的聲音，卻有點耳熟。

電話沒有回應，林少恆拿起手機一看，已經掛斷。

怎麼回事？腦袋全都是問號，他還沒有頭緒時，日式酒店的大門被人輕輕敲了兩下。

這一定不是純姊，她不會敲自己的店門，況且這時間也沒客人上門。唯獨跟他約定好碰面的許惠晴才有可能。

林少恆心跳加速，他不知道自己爲何有點反常。但總之，他得警告一下自己在意的人，否則預言多準確，一點意義也沒有。

「來了。」他喊了一聲，很快把日式酒店的門開啓一道縫隙。「妳的速度比我預期還快。」

他怕外頭的人見到自己，特別讓個空間讓對方進門。

一隻手伸了進來。

但那是男人的手。

「是你喔，本來想找酒店媽媽桑問話的，沒想到你自己跑下來了。」刑警羅駿探出頭說。

「怎麼是你？」林少恆疑惑說。

「你沒把消息到處外傳吧？」

「當然沒有，我不是在你們面前簽了名？」林少恆很快地回答。

「很好。」

「欸，你爲什麼要找酒店媽媽桑？她做生意很守規距，這附近的人都知道。」

他瞬間起了疑心。

「我知道，只是想問她關於你的事，不過這些都不重要了。」羅駿從袋中掏出幾張文件，刻意露出腰間一把制式手槍，然後說：「林少恆，因爲大屯火山爆發一案，我現在以涉嫌公共危險罪的罪名逮捕你，請你配合調查。」

「爲什麼？你到底有沒有搞錯什麼？隱瞞資料不公開的，是你們耶！」林少恆大驚，後退兩步。

羅駿沒有回答，只是指了指手中數張印有彩色圖樣的照片說：「你是聰明人，如果你要證據，大概知道這是什麼。」

照片是林少恆直播尾聲，里奧1號上頭顯示「製造」二字的放大畫面。這關鍵畫面其實林少恆早就有心理準備會被人發現，就連理由他都準備好了；正想開口，發現羅駿手上的另一張照片有些古怪。

那是里奧1號的螢幕畫面，儀器平放在一個陌生的桌面，螢幕顯示的系統頁面，正是他那晚酒醉喝多時，在預排天災的欄位輸入的系統畫面。

四個字正清楚地列在上頭，原先是黑體字的部分，已經變成詭異的暗紅色。林少恆瞬間意會到這代表什麼意思。

他隨便輸入的預排天災，被里奧1號啓動了！

但下一秒，林少恆很快連結到另一件重要的事。

竊走里奧1號的凶手，就是眼前這名刑警！

林少恆怒極，並非因爲羅駿當面拆穿胡搞天災儀器的犯行，而是無法接受警方利用他的好意，讓他冒著生命危險觀看未來災禍畫面。這一切只是障眼法，目的就是在他眼前把里奧1號偷走！

林少恆這些年早已不像學生時期那樣目無章法，什麼規矩都不放在眼底，但看見刑警拿起手銬，打算將他逮捕調查時，一股不滿與反叛的心情登時升起。

我才不要乖乖就範，我是被陷害的！

林少恆臉色的變化瞬間被這名精明的刑警捕捉，羅駿立刻伸手朝他手腕抓來！

不過林少恆的速度更快，抓起一旁酒店櫃台擺放的小型垃圾桶砸去，直接把垃圾桶套在羅駿頭上。

這名刑警完全沒想到對方來這招，狼狽地往後移動，撞到一旁木質矮櫃，轟一聲摔倒在地！羅駿雖遇襲，但他畢竟不是菜鳥刑警，就算失去平衡還趁機把遮住視線的垃圾桶甩開，手裡的制式手槍早已準備就緒。

「……人呢？」羅駿警戒地持槍在前，左右觀察這間日式酒店的裝潢擺飾，店裡頓時陷入漆黑，小燈被林少恆關了，僅剩下傍晚時分透進的微光可供辨識店內的模糊輪廓。不過，短短幾秒鐘不到，他能躲去哪？眼角餘光瞄了店門一眼，進門前他用路邊撿到的石塊卡住大門縫隙，石塊此刻還卡在門縫，代表剛才沒有人從大門逃跑。

剩下唯一的可能，林少恆還躲在酒店的某處。

想通這道理的羅駿，立刻握緊手槍，更警戒地一邊移動，說：「你跑不掉的，這裡空間不大，早晚會被發現，趁我還沒開槍，自己出來！」

無人回應。

羅駿思考後，側身瞄準其中一組沙發，發現沒人躲藏，又繼續說：「不然，我有個提議。」

「只要你告訴我，是誰給你這台里奧1號，你剛剛襲警的罪名，我可以當作沒發生，反正這裡只有我們兩個。」羅駿低聲說。

這時，一直躲藏在黑暗儲藏室的林少恆，原本想趁亂爬到樓上事務所，再從二樓溜走，一聽見這段話，立刻停下動作。

「這警察怎麼回事，他怎麼知道里奧1號是別人給我的？為什麼不是說哪裡偷來的？或者去哪裡買的？」林少恆思緒敏捷，他一下子便懷疑這刑警羅駿似乎不太對勁。

如果警方眞的調查過里奧1號，發現是我刻意輸入台灣沉沒的天災，以及把火山給弄爆的罪名都算我頭上，警方面對這種等級的大案，會只派一個刑警出來抓人？

當然不會。

想到這裡，林少恆開始覺得這羅駿有點問題。

他一定有其他的目的。

或許，他知道是誰在背後搞我。

林少恆想清楚後，藏身牆後，從儲藏室內部說話。

「別開槍，有話好說。」

「原來你還在，自己出來。」

「先別急啊，你有話想問，我也有。」林少恆又說：「你爲什麼要偷我東西？」

「查案。」羅駿簡短回應。

「什麼案子？跟你一起來的那兩個都知情，對不對？」

「這我就不知道了，是他們主動請警方協助，所以我帶他們兩個來，沒辦法，條通這我熟。」羅駿說。

謊言的味道，聽起來就很可疑。哪有說得一副是幫忙帶路的，結果卻動手偷人東西的道理。

「聽我講，我是被陷害的，火山爆發跟台灣沉沒，這都是一場意外。」林少恆說：「所以你要逮捕我，一點道理都沒有。」

羅駿沒有回應。

「喂……？你到底有沒有在聽我說啊？」林少恆不滿嚷道。

「剛剛的問題你還沒回答，是誰給你這儀器的？」他追問。

「一個小男孩給我的。」林少恆說，但關鍵的問題是，是誰託男童送他的，面對這問題他也是一頭霧水。

「小男孩？」羅駿又問：「這怎麼回事？」

「我還想問你咧，只是幫一個小朋友找爸爸，誰知道找到後，他就送我這禮物了！喂，你到底什麼時候要還我里奧1號啊？那不是你的東西！如果趕快還我，我可以不跟你計較！」林少恆大叫說。

一道隱蔽的槍聲傳來，背後酒櫃裡的紅酒瞬間爆開，碎片和酒液濺了林少恆全身都是。

「幹！你來眞的啊！」林少恆沒想到對方居然開槍，身體立刻蹲下。

「我再問你一次，儀器是誰給你的？」一直站在酒店門口的羅駿喊道，完全堵住逃跑的路線。看來他並不買單這個理由。

這下林少恆有點急了，他有點後悔剛才應該直接爬到二樓，一走了之，但機會錯過後，這下該怎麼辦？

一個耳熟且細微的聲音，從儲藏室天花板上方傳來。

「從酒櫃下方爬過去，那裡有死角，警察看不到。或者從廚房走廊後面繞過去，那裡他也看不見。」

「笨蛋喔，從酒櫃下面都是碎酒瓶，你要阿恆受傷喔！」

「喔，好啦，還是從廚房繞過去，那邊現在很安全，還能找到防身的東西，應該可以再找機會衝出去。」

聽聲音，認出是鬼魂張誠和吳文心，兩個鬼魂七嘴八舌地引導黑暗中的林少恆。過去他們都只會在二樓事務所現身，此刻居然想到用這種方式指出一條逃生路徑。但他們報路的功力有待加強，好幾次建議的路線都堆滿店裡雜物。林少恆懷疑他們可能受限於不能直接透露太多的限制，眞眞假假的訊息混在一塊。

幸好鬼魂的聲音只有林少恆聽得見，在他們協助下，居然讓他摸黑來到廚房。酒店的廚房很窄，但彎曲的不銹鋼流理台提供了好幾處可以躲藏的空間。林少恆躲在水槽旁，順手從牆面拿起一個平底鍋護在胸前。

「你抵抗也沒用，遲早會說出來我需要的答案。」羅駿已經穿過酒店沙發區，沿途開了幾盞位於走廊的昏黃小燈。

透過水槽縫隙，林少恆看得見這名刑警的腳步逐漸從外移動到廚房，頓時覺得此刻像極了恐怖片的殺人魔緩緩進逼。

林少恆憋著氣，完全不敢吭聲，就在這個時候，酒店大門處傳來一個清脆的硬物掉落聲。

「林少恆……你在嗎？」

有位年輕女生，從大門處朝酒店裡輕喊。

許惠晴！林少恆內心一驚，在此之前，他完全忘記跟她有約在酒店碰面的事。而羅駿也被她的叫聲嚇到，猛轉身將一個瓷碗弄到地面，發出破裂的巨響。

「有人在裡面。」許惠晴說，聽語氣，像是在跟另一人說話。

「小心一點，我們不能確定是他。」

另一個男人說話，聲音與剛剛打來的陌生電話相同。

這時，林少恆終於想起這人是誰，打來警告自己快逃的人，正是王向智，那名火山地震專家。

但爲何是他？王向智不是跟這個刑警是一夥的嗎？

林少恆不敢立刻出聲呼救，他想等羅駿轉頭時，趁機會朝他後腦來上一擊復仇的平底鍋，出一口里奧1號被莫名其妙偷走的怒氣。

「你爲什麼會來這裡？旁邊那個女人是誰？」羅駿發現王向智，朝門口說話。但這名刑警動作卻有些奇怪，他背著持槍的手，隱藏在黑暗處緩緩舉起，默默將槍口對準他們兩人的方向！

首當其衝，站在前方的許惠晴會先中彈！

林少恆見狀，再也按耐不住，立刻衝向前，舉起平底鍋就朝他手臂砸去。

「碰——！」裝有滅音器的手槍卻先發出聲響。

開槍了！這刑警到底在想什麼？

林少恆急忙朝門口望去，卻發現王向智蹲在一旁，痛苦地按著左肩位置，血流不多，身後木牆有個彈孔。

一旁許惠晴瞪著大眼，還沒搞清楚情況，就發現有人中彈，猛一回頭，竟發現他要找的林少恆與眼前持槍的男子扭打成一團。

羅駿手上雖有槍，如此近距離的纏鬥反倒成爲阻礙，不停被林少恆偷襲，呈現一面倒挨打的局面。但羅駿畢竟受過專業訓練，挨了幾下後，很快利用搏鬥技巧與年輕的林少恆打成平手，而且有逐漸壓過對方的態勢。

「你眞的不要命了，還敢襲警！」羅駿耳後流血，那是被林少恆拿鍋具敲打的傷痕，他沒想到這算命的年輕人不只看起來不正經，就連凶起來下手也這麼狠。

「你他媽才有問題，朝無辜的人開槍！你到底是什麼爛警察，幹！」林少恆不甘示弱回罵，又偷打幾下。

「碰碰碰——！」又是連續幾聲密集的槍響。

「小心！」許惠晴放聲大叫。

扭打的二人距離一拉開，持槍的羅駿對準林少恆胸口，子彈從他身旁穿過，把後方酒櫃玻璃打個粉碎。

血紅著眼的刑警喘著氣，不曉得他下一槍要朝對方身上哪個部位射擊。

忽然間，在昏暗的酒店內部，不知從哪竄出另外一個陌生的人影，穿著深灰色西裝的高瘦男子，持刀抵住憤怒的刑警背後，默不作聲。

林少恆仔細一看，發現是火山爆發那晚，曾透過事務所窗戶看見的詭異男子。他當時懷疑是奎和會派來監視他動向的幫會成員，但此時近距離一看，他領子沒有奎和會的金色醒目徽章。所以這人到底是誰？

「……快跑。」負傷吃痛的王向智立刻對一旁許惠晴說。

許惠晴應對危機經驗豐富，很快冷靜下來，知道這是好機會，馬上拉起林少恆就往店門外衝。

三人頭也不回，在即將天黑的條通巷弄裡奔跑。

林少恆感到有些懊惱，這下子，他不只靠直播預言紅了，現在就連警方也得罪了。

更悲慘的是，里奧1號還不在自己手裡。

9.

台北市山區，鄰近登山步道一處山坡地，這裡風景優美，還有天然的溫泉。站在這棟四層樓高、以清水模工法建造的獨棟別墅頂層，天氣好的時候，可眺望遠方的淡水河。

這棟看來頗具規模、讓人感覺沉穩安靜的美麗建物，彷彿是一座隱藏的私人美術館。但前一陣七星山小規模的噴發，讓周遭樹木染上一層厚重的灰燼，就連原先平滑細緻的清水模牆面，都覆蓋著厚厚的細塵碎屑，風一吹便揚起。

巨大別墅最上層一間寬敞書房裡，有位年約六十、方臉大耳、頭髮灰白，生得一張英挺面容的男子，正露出嘆息的表情。

這裡是曙光會的總部，同時更是這個組織創辦人，錢正隆的私人住宅。

他以算命師的名義出道已經超過三十年，前期都是替人占卜算命、看風水，積蓄不少金錢，也累積了很多工商界的人脈。

但一開始，算命對他來說只是感興趣的副業。

年輕時的錢正隆是一名相當傑出的資訊工程師，期間更跨域到股票金融領域，因爲幫人看風水的緣故，他結識了許多上市櫃董座。在一次炒作股價的內線交易裡，因年輕氣盛不小心被抓到把柄，差點被判刑，幸好他過去累積的人脈夠厚實，付出一大筆費用後順利脫身。

而這個意外，也讓錢正隆萌生轉向全職投入命理預言的事業。結合過去資訊工程傑出的資歷，而且投資眼光準確，開發過不少優秀的系統，而里奧1號，便是此生他最驕傲的投資項目。

他整理了一下西裝，看著書桌上一個精緻原木盒子，玻璃盒蓋內空蕩蕩的，裡頭原本承裝著付出數年的心血與計畫。

里奧1號失竊，對他來說是個重大的失敗。

近年來，因爲這個儀器，讓錢正隆已經頗具名望的命理事業，更上一層，不，簡直是跨進另一個無人可及的領域。他創辦的曙光會，更是以里奧1號提前預知災難的能力爲基礎，先行在各種可能獲利的領域先佈局卡位；接著再將預言內容透露給曾付出高昂費用的會員知悉，讓會員也能提早因應；最後等到一切就緒後，才開始對外公布預言內容。

預知災禍的能力已經替他賺進大筆財富，但錢正隆敏銳的商業嗅覺，讓他從里奧1號聞到更強烈的致富血腥味，他開始把腦筋動到「製造災禍」的領域。於是他結合一票各領域的專家，想在儀器上擴增主動製造災禍的儀器功能；但尚未完成，就發生里奧1號失竊的局面。

雖然里奧1號不在手中，無法操控，但從電腦系統後台，錢正隆發現預排天災的功能被人偷偷輸入了「台灣沉沒」。

引發如此誇大的災難，錢正隆還真沒想過，他查詢了幾個論文研究和報導，萬一真的發生，應該是位於台灣北部的山腳斷層活動最有機會造成這個悲劇。

嗜血的商業嗅覺令他快速構思起另一個可供牟利的計畫。

從曙光會別墅頂層往山下望去，這裡以下的建物恐怕未來都得下沉泡在水底，到時這棟美麗的莊園應該也不能住人了。

但那又如何？

那塊廣大的土地開發案早幾年前就在進行。

他正建立一座安全且豪華的避難社區，當然要價可不斐。

錢正隆坐在舒適的黑色皮製辦公椅上，心想沒預言到七星山爆發已經失了先機，他可不願錯過這個天上掉下來的機會。

看了眼手裡另一支專用手機，那是他用來聯繫曙光會祕密成員的聯繫管道。

若曙光會能給徬徨的民眾一道來自預言的光，而手機另一端，則是黎明前最黑暗時刻的化身。任何一個看來正派光明的組織，總有人去做那些見不得光的事。

「我信任梟凱的能力。」曙光會長錢正隆露出一抹意味深長的微笑，注視著那只精緻原木盒子。

10.

位於林森北路條通西南方向，距離預言事務所約十五分鐘車程外的地方，一台計程車正轉進萬華艋舺。這裡是台北的舊城區，保存了許多老街古宅、百年老店、以及建於十八世紀的龍山寺。

鄰近有條知名的「青草巷」，有十多家藥草店，相傳是因爲早期疫病盛行，居民取得龍山寺的藥籤，便到鄰近青草店買藥治病，因此又被稱爲「救命街」。目前已成爲重要歷史建築之一。

有三人在藥草店下了計程車，徒步經過數間保存完整的清代與日據時期的建築，停在一棟三層樓的老舊住宅前。

「就是這裡了。」領頭的是一名三十多歲的男子，按著左邊肩膀，衣服微微滲出血，但看起來是皮肉擦傷，並不嚴重，從袋中掏出鑰匙開啓老宅鐵門。

「王教授，你還行吧？」林少恆關心看了王向智被子彈擊傷的手臂，有些擔心。

「不要緊，雖然有點痛，但還可以活動。」王向智開啓大門，要林少恆和許惠晴先進去再說。

許惠晴在計程車上先幫他看過傷口，一開始要帶王向智去醫院治療，卻被對方阻止。

原因其實三人都懂，在剛才和刑警羅駿的一陣混戰後，現在貿然去就醫，恐怕會讓林少恆三人陷入更危險的局面。於是王向智提議先到他太太娘家留下的房子暫避，他平時除了大學辦公室之外，幾乎都住在此，這裡也堆放了很多研究的資料，警方追查到這恐怕不容易。

老宅內部空間比外觀看來的還要大，一共三層。一樓幾乎都被拿來堆放雜物，都是一些乾貨日用品，快比一個成人高，完全不像是一名教授的住所。

「我太太娘家是做南北貨批發生意的，抱歉東西凌亂了點，我們先到二樓。」王向智尷尬地清出一條由紙箱構成的小徑，領著二人走上階梯，先指了指二樓窗邊的沙發，抱歉說道：「你們隨便坐，我去換件衣服。」

一踏上老宅二樓，這裡的氣氛與樓下完全截然不同。

雖然裝潢樸實，但清掃得非常乾淨，牆面與頂上的樑柱仍保持古時老宅的原樣。靠窗區域擺放辦公桌與書架，文件與厚重的專業書籍井然有序地陳列，桌上還放著幾張國際專業機構認證的獎狀，還有一張全家福合照，二位大人中央坐著一位小孩。

看來王向智有一名不到十歲的兒子。

此時王向智獨自往三樓移動。

如果他平時都住在這，那他太太和小孩呢？

這裡感覺不像有小孩生活的跡象。

二樓靠內部後巷的區域，還有另外一個房間，隱約聽見有某種連續的低頻電子音從門縫傳來，還可聞到一絲細微的藥水味。

林少恆一邊張望，一邊低聲和許惠晴說：「你們怎麼碰上面的？我都不曉得你和王教授認識。」

「認識？我不認識他。」許惠晴又說：「我剛到這家日式酒店附近，就發現他好像也急著找你，一直在事務所樓下急著要上去，於是問了他幾句是不是認識你，一聽見，馬上就要跟著一起進到酒店。誰知道他會中彈，早知道就別那麼雞婆了。」

「聽起來真的很倒霉。但我覺得剛剛那個警察分明是想把你們一起滅口，我們都還活著算好運了。」

「是嗎？」許惠晴搖搖頭：「我怎麼覺得碰上你，都沒什麼好事。」

林少恆尷尬地笑笑：「所以……妳特地來跟我碰面，是爲了剛剛在電話裡講的事？」

「當然！我不曉得你是有特異功能，還是眞的預言大師，但如果你能提前知道大地震，你就有責任告訴大眾。」許惠晴稍微提高音量：「就跟上次一樣！而且這次大家都會相信你。」

「要我私下警告別人沒問題，但如果是開直播，這就有點……」

林少恆想起國家特殊災害防救辦公室主任孫人澤要他簽署保密的表情，腦袋就有點發疼。

有個聲音從後方樓梯傳來。

「看來，你還是沒有乖乖遵守規定。」王向智很快就從三樓下來，又說：「算了，反正我也覺得你不是會守規矩的那種人。」

林少恆一聽，差點從沙發跳起，沒想到王向智回來那麼快，況且那張保密合約還是在王向智面前簽下。「那個……我可以解釋。」

「沒關係，合約不是我擬的，那是孫人澤慣用的方式，我以前也簽過。」王向智拉起辦公桌前樸素的塑膠椅，坐在他們面前。

「所以……剛剛是怎麼回事？」林少恆開口詢問：「王教授，你早就知道那個刑警要對我下手？」

王向智點點頭。

「所以是政府要對我下手？」林少恆驚呼：「難不成是那個孫人澤主任搞的鬼？」

「不是她。」王向智表情歉疚：「林少恆，抱歉，讓你捲進這場紛爭。」

林少恆聽不懂，不解地回望。

王向智從辦公桌拿出一台筆記型電腦，叫出螢幕，上面有一台外觀銀色像手機的儀器。

「里奧1號，還在你手邊嗎？」

王向智這句話，讓林少恆瞬間頭皮發麻。

「……你什麼時候知道我有里奧1號的？」林少恆又接著問：「而且，你爲什麼知道這個東西的名稱？」

「很簡單，你直播的時候影片就拍到了。對一般人來說，那只是普通的手機或平板，外界可能以爲你只是利用它在看筆記，但這儀器我摸過很多次，所以一看就知道。」

「如果你早就知道這東西在我手中，爲何當天還要跟孫人澤和羅駿來找我？你是故意要讓羅駿偷走里奧1號的對吧！」林少恆想起當天的情況，一股無處宣洩的怒氣爆發了出來。

「你冷靜一點。」王向智用手勢安撫：「其實我是對你能觀看未來災禍的能力感到非常好奇，想近距離確認一下。況且，我是真的沒打算偷走里奧1號，讓你來持有，總比它留在錢正隆那裡好多了。」

「錢正隆？」林少恆腦袋快速思索，驚呼：「你是說，里奧1號本來是曙光會錢正隆的東西！」

剛踏進命理預言的領域後，林少恆一直設法精進各種算命技巧，有人說命理是一門詮釋的學問，面對不同的八字命盤，或各種塔羅牌面，依據負責解釋的算命師不同，所給出的預言方向也不同，這個模糊空間也給予了擅長觀察與溝通的林少恆一個非常好發揮的舞台。

過去在網上也曾出現好幾個自稱預言家的人，到處放話接下來會發生何種天災巨變，吸引一票粉絲追隨。可是在林少恆眼中看得透徹，知道人類都喜歡聽預言，但從來不是爲了防範天災人禍，而是想知道這些鳥事會發生在哪個倒霉人身上。

萬一預言說中，則慶幸自己逃過一劫。

如果不準，也是當一場笑話看看。

但這幾年錢正隆的預言方式，過去從來沒人見過。他以極準確的時間地點事先預告在前，簡直就像古時的先知，更讓同行後輩林少恆欽佩不已。

直到今日才知道，生平第一次崇拜的預言家前輩，居然是靠著這台儀器，才有今天的地位。

他覺得自己一直深信的，某種像核一般的東西出現了裂痕。

王向智替他們倆倒了杯水，讓他有時間稍微消化一下資訊。

「你剛剛說，你曾經接觸里奧1號很多遍，這怎麼回事？」林少恆放下水杯說。

王向智轉過筆電螢幕，上面滿滿變化中的數值和曲線，大都是溫度和某些化學元素的濃度，有的一分鐘更新一次，有的則是三十秒一次。林少恆和許惠晴僅能看得懂這些，至於其他更複雜的圖表就毫無頭緒。

「你可能不曉得，錢正隆在幫人算命以前，是一個非常傑出的電腦工程師，曾經開發出好幾個優秀好用的系統，用來監測很多地球科學領域的即時數據。」

「這我完全不知道，畢竟我也是這幾年才投入這個圈子。」林少恆訝異說。

「多年前，我剛取得博士學位，他曾經來找過我，說要進行一個新計畫，要將我研究監測中的火山氣體、地震監測，甚至搜集衛星監測等龐大即時數據，協助他開發一種能預知火山與地震相關的儀器。當時我以為他在開玩笑，但我還是選擇相信他，畢竟他的確資助了我研究計畫所需的經費，甚至還有餘額讓我去做更多無法想像的實驗。」

「跟天使投資好像。」林少恆說。

「正是，剛開始覺得奇怪，畢竟願意投資火山地震科學研究的資金實在不多。但事後才知道，我的研究計畫僅僅是他龐大計畫的其中一環。他不僅找了我一位火山地震學家，還網羅了財務金融、醫療、氣象、社會學、政治學，以及媒體界的專家，當時我才知道，他要打造的儀器不是預知地震那麼簡單。」

「這個聽起來就是一個可以涵蓋所有人類生活範圍，他想扮演上帝嗎？」許惠晴在一旁說。

「如果僅停在這裡，跟上帝比還差得遠了，就是一個大型資料庫罷了。」王向智又接著說：「錢正隆為了讓系統更優化，他導入一款人工智慧系統，在最初的實驗，以我的監測數據資料庫為基礎，讓智慧系統可以自行監測它認為有用的即時資訊，並運算出使用者想得到的結果。講得白話一些，錢正隆賦予ＡＩ系統有自主開發監測項目的能力，後來ＡＩ自行發展出一種叫『災禍粒子』的監測項目，它除了搜集自然觀測的監測儀器數據外，甚至連媒體、新聞、社群、通訊軟體等一切討論資訊，都能納入，進而依據『災禍粒子』的濃度推估未來可能發生的災難。」

「這太恐怖了！系統如果沒有限制，不曉得會幹出什麼奇怪的事！」林少恆驚呼：「難道這個ＡＩ系統就是里奧1號？」

「你說得沒錯。里奧1號正是我和錢正隆共同開發的第一個人工智慧天災預言系統。」

「我的天啊，王教授你簡直是天才，我用過幾次里奧1號，眞的非常厲害！」林少恆興奮地說。

「是這樣嗎？」王向智眼神突然暗了下來，說：「後來，當里奧1號完成後，我就被錢正隆剔除在計畫之外，我以爲他是想獨攬預言系統；接下來發現，錢正隆根本是對里奧1號的驚人智慧太過著迷。他把我排除後，不再滿足於預測天災的領域，打算祕密與里奧1號合作，實體開發出一種震波誘導設備，能夠發出強烈的人造震波，引發不穩定地殼的活動。」

許惠晴眉頭一皺：「這根本是炸彈！」

「要這麼稱呼也行，就像一顆能誘發斷層活動的炸彈。但是目前爲止，我還沒見過他成功試驗過，而這一切都是錢正隆透過里奧1號幫助才能做到的，若不是我透過系統後台進入，根本不知道他正在進行這麼恐怖的計畫。」

「從預言的領域，跨進主動製造災禍的禁域。」林少恆腦海浮現這句話，順口說了出來，語氣充滿恐懼。

「我完全同意。而且，我不知道里奧1號現在的智慧到底發展到何種程度了，它只要幾週的時間，就能取得飛快的進步，要製造天災，這並非不可能。」

王教授又繼續補充：「就如同上次在事務所跟你解釋的，根據我手邊最新的模型顯示，一週內發生大地震的機率非常高。我很擔憂蒐集到的數據是震波誘導設備已經啓動的跡象，而不是自然發生的緣故。而現在又過了三天，時間恐怕不多了。」

「那里奧1號的後台你還能進入嗎？把系統關掉應該可以吧。」許惠晴問。

「如果能辦到，我早做了。我的系統後台權限已經被移除。」王向智說。

眾人陷入了沉默，此時細心的許惠晴察覺到林少恆表情的異樣。

「你還好吧？」

「……台灣沉沒。」林少恆的表情痛苦：「我在一次試用系統的過程，輸入了台灣沉沒。」

他覺得再也無法忍受自我良心的苛責。

林少恆緩緩透露那天剛拿到里奧1號時，因爲太過興奮喝多了，隨手在尚未開放的製造未來天災的欄位，輸入台灣沉沒的祕密。

王向智聽完，低頭不語。

而許惠晴差點把嘴裡的水噴出，說：「原來是你搞的！」

「我哪知道，當時那個功能是鎖起來的！痾……好吧，是我不對。」

林少恆將祕密說出後，不想繼續辯解，只想解決眼下的問題。他已經分不清，到底是自己的胡搞造成這場地震危機，還是錢正隆的震波誘導設備計畫在前。總之，如果真的最後發生這場大地震，導致台灣沉沒，他也無法原諒自己。

「這應該算是意外。」王向智苦笑。

「現在我們該怎麼做？」林少恆振作精神：「還有，那個刑警到底是什麼來歷？最後闖進酒店的男子又是誰？」

「羅駿的行為與警方正常查案模式差異太大，應該是出自個人的行動。至於另外突然出現的男子，我也不認識，但似乎跟羅駿有點過節。」王向智吸了口氣，又說：「但可以肯定的是，他們之間一定有人與曙光會有聯繫。」

「王教授，你有沒有什麼方法，可以追蹤得到里奧1號現在的位置，例如定位之類的。」林少恆說：「說不定能知道，羅駿把里奧1號藏去哪了。」

林少恆和許惠晴滿臉期待地看著他。

「很遺憾，里奧1號雖然是我參與設計，但有關這類的功能都在系統後台內，權限大都掌握在錢正隆手中，這點他非常保密。」

王向智無法回應他們的期待，有些歉疚。

「這樣一來，不只里奧1號搞丟了，現在就連你說的震波誘導炸彈存不存在、會放在哪裡，我們都不得而知。」

許惠晴原本就擔憂大地震的發生，釐清現況後，似乎掉進更深的困境。

「或許……我有辦法。」林少恆突然說。

「怎麼做？難不成你也有後台權限？」許惠晴問。

「當然沒有，可是我有一群厲害的朋友。」林少恆想起那群在預言事務所的三個鬼魂夥伴。「這個有點難解釋，但我得先回去事務所一趟。」

先前里奧1號失竊時，也曾拜託鬼魂張誠尋找看看，但就如一開始碰見裝有里奧1號的包裹那樣，完全感應不到任何線索，就連吳文心也試著感應，得到相同的結果。

可是目前多了曙光會，以及震波誘導設備的線索，說不定他們可以朝這個方向去尋找。只是林少恆必須先回到自己的事務所裡。

正當林少恆把返回事務所的想法告訴二人時，位於內側房間的門突然開啓一道小縫，有位看起來年紀和王向智相仿的女人從房內走出。她似乎沒料到這裡有外人，表情有點訝異。

「啊，不好意思，打擾到你們。」她穿著一席居家連身便服，對三人頻頻點頭。

「這是我太太，茜如。」王向智趕緊起身介紹。

「抱歉，家裡很少有客人來，我去準備點東西給大家。」

茜如用親切的表情和大家微笑，但神情似乎有些疲憊，好似整日沒睡。

「不用麻煩了，妳先上樓休息吧，照顧一天了應該很累，剩下我來就好。」王向智對他太太說。

「可是……」茜如看了一眼林少恆二人，不再堅持。「好吧，那接下來就拜託你了。」

語畢，她朝三樓走去。

林少恆從前方半開的門縫，發現房內有張單人床，床上躺了一位年約十歲的可愛男孩，床頭邊放著一隻可愛的動物玩偶。

他雙眼閉著，正在熟睡。

但男孩旁邊擺滿各種維生儀器，螢幕上面起伏跳動的是心律、血壓等生命徵象數值。

林少恆望了一眼，大致猜到是什麼情況，而擔任緊急救護員的許惠晴時常在醫院出入，更是熟悉不過。

王向智等到太太上樓回房休息後，三人無語，或許知道這兩人可能顧及家人隱私不會開口，因此主動先說：「那是我兒子，幾年前從高處墜落，現在一直還沒醒。幸好我太太是護理師，才有能力在家自己照顧。如果不是她，我可能早就撐不下去了。」

「原來如此……不過你太太把小孩照顧得很好，我剛剛看到你兒子，還以為是剛睡著而已。」林少恆說。

許惠晴也在一旁點頭表示認同。

王向智以一個欣慰的微笑作為回應，但神情似乎多了點苦澀。

林少恆心想，每個人背後都有不為人知的另一面，就像他眼前半閉的房間，充滿多少心痛與無奈。若不是他太太無意間開啓，外人可能永遠不會知道他們背負的辛苦。

而他自己隱藏未開的房間在哪裡？

林少恆腦中浮現十年前差點淹死於療養院那段往事。

而更讓他耿耿於懷的，還有一件祕密封存在記憶最深處的角落。

那天因他失去性命的，不只張誠、吳文心，與徐志益。

他的雙手也沾染另一位無辜之人的鮮血。

11.

沒有人有辦法拆除一個已經爆發的炸彈。

一個彷彿幽魂般的人影喃喃自語。

他緊握背包的指節因用力有些泛白，隻身一人，沿著朝地底深處的階梯不斷行走。

地下的空間遠比上方建物空間來得巨大。地下層是以簡易輕質建材區隔的收容區，每間配有成排上下鋪床架，以及獨立衛浴設施。各房間外皆有庫房，儲備二個月份的乾糧與飲水。此外位於內側廊道的層架上，也標示著各種手電筒、鏟子、毛毯、電池、發電機，醫療物資，甚至繼續往下走，還有個區域是一座人造植物工廠，以不同波長的光線對應植物的光合作用。在這片黑暗的地底，種植出陽光普照之處才能生長的蔬菜葉類。梟凱每次看見，都覺得非常神奇。

那些曙光會夥伴曾嫌棄地底種出來的蔬菜口感不好，軟軟爛爛的，但梟凱從來不這樣覺得，他們一定沒吃過倒塌建物裡沒電的冰箱裡的食物。

那才叫口感不好，可是足夠讓人活下來。

他一路蜿蜒向下，終於來到最底層。

底層是一個備用空間，存放了許多沒有用途的雜物，對比上面幾層，是他見過物資最爲豐沛的避難所，但現在眼前的成堆紙箱與雜物，簡直判若兩個地方。

身後的背包，是梟凱接到指示後，從車站的置物櫃裡取得的。同時，再把從條通酒店那名刑警身上取回的物品祕密放入置物櫃裡。

關上置物櫃門。

後續會有專人處理。

梟凱沒想到，這刑警居然會對林少恆等人開槍，他以爲現在警察用槍都很小心謹慎。一直埋伏在條通小巷的自己，在刑警闖入那間事務所樓下的酒店後，終於接收到指示，要他不要被人發現潛入，並設法取回里奧1號。

他是曙光會裡極少數知道里奧1號存在的成員，過去曾在導師的辦公室裡見過，裝在一個精美的木頭盒子裡。他雖然不曉得里奧1號的用法，但就像這世界上所有優秀傑出的神職人員一樣，他們擁有地位崇高的專屬神聖器具，而這個看起來像金屬材質的平板電腦，就是導師的法器。

身爲曙光會黎明升起前的黑暗化身，他有責任重新把里奧1號完完整整地取回。

只需要一個清晰的指示，他會想盡辦法完成。那個叫羅駿的刑警沒有他外表看似得有用。這傢伙也是貪圖權力與利益的敗類。他不明白導師爲何要與這種人接觸，取回里奧1號的任務，其實靠他一人就可完成。若只是要測試對方能力與誠心，導師不應拿自己重要的法器冒風險才對。好在對方沒失誤，否則自己一定會後悔早該出手。

那天在酒店，只花了一點時間和招數，就讓對方屈服。讓他意外的是，羅駿居然會把里奧1號隨身帶在身上，或許他是隻身行動，沒有可以信任的夥伴吧。

這點跟自己很像，但梟凱並不感到孤單，他很清楚自己正在做些什麼。幾個小時前，手機傳來導師的一段訊息。

「臣服於預言之神的腳下，戰鼓往黑暗深處而去，曙光是唯一的救贖。」

梟凱只看一眼便默記下這段話。當他來到地下最底層之前，他還不是很理解導師要交辦給他的任務，直到進入最下層，望著成堆的雜物，很快弄懂這段看似謎語的任務，其實清晰不過。

他緩緩來到訊息指示的位置，然後把身後那個從置物櫃取得的背包放進其中。

當設備啓動時，只響了三聲細微的電子音，接著一切歸於寂靜。

這是一個沒有聲音的炸彈，將帶來另一個全新的世界。

梟凱重新隱沒在黑暗裡。

12.

深夜的林森北路與白天是截然兩個不同的世界。

但連續三年的新冠肺炎疫情，讓許多在條通酒店的從業人員轉行離職，門口張貼徵求陪侍的海報貼了好幾個月都沒撕下，許多酒店或俱樂部撐不下去便轉手或歇業，僅剩少數幾家穩定客源的店家繼續經營。

此時的條通小巷僅剩幾名酒客在路上行走，林少恆站在遠方的便利商店柱子前，觀看那間叫「桃」的日式酒店，以及二樓的預言事務所。

他在王教授的老宅時，已經抽空和純姊通上了電話，告知店裡今天發生了一場混戰，他感到非常抱歉，會賠償她店裡的一切損失。除此之外，也跟純姊說明，在剩下不到一週的時間裡，可能會出現足以致災的地震，請她做好準備。

但純姊的反應果然無法預料，她堅稱這場混戰一定是林少恆故意搗亂要她關門歇業去避難的惡作劇，說自己會把店裡收拾一下，賠償就免了。

林少恆聽了有些無奈又好笑。

「妳跟我來。」林少恆對一旁站在巷口的許惠晴說。

許惠晴堅持要跟來預言事務所，原本還有些擔憂碰上那名刑警，但林少恆心想不過是回自己家，先前已經躲躲藏藏一次了，難不成以後都要這樣過日子，這樣也不是個辦法，乾脆趁著夜晚，混進路邊的酒客人群還比較安全。

他沿著小巷靠牆壁行走，擦身而過的酒客很好辨認，但有了先前突然被刑警羅駿以及那個忽然衝出來的陌生男子突襲的經驗，原本已經非常習慣夜歸的小巷變得危機四伏。

日式酒店的店門已經關上，貼了一張純姊用麥克筆寫下的海報，上面寫著「店面整修暫停營業」。

看來純姊的動作很快，毫不猶豫就處理完成。

林少恆笑了出來，畢竟裡頭經過一場混戰，的確看起來像極了翻修中的模樣。不管純姊如何說，這筆開銷至少得替她付了。林少恆心想。

「現在這裡很安全，我們直接走樓梯好了。」

林少恆四下張望，要許惠晴跟在身後，就往日式酒店旁的窄巷移動，那邊有條階梯通往二樓事務所。

小巷另一頭傳來一陣喧鬧，聽聲音是附近的客人剛從店裡消費完，嚷著要再找下一家店續攤。這吵鬧聲林少恆非常習慣，只是回頭瞄了一眼，確認沒有異狀，然後拿鑰匙打開預言事務所的鐵門。

這時，數道連續密集的卡嚓聲，從樓梯下方傳來！

怎麼回事？

他立刻抓著許惠晴往下蹲伏，深怕又碰上了羅駿或黑幫的暗算。

卻發現數道強烈的白光從後方發出，將事務所鐵門照得宛如白天，二人的身影在門上印出鮮明的黑色影子。

糟糕！

不是黑幫，而是更難纏的傢伙！

林少恆把事務所鐵門拉開，先推許惠晴進去事務所，正準備跟著踏進室內時，一個物體立刻堵到他嘴邊。

「您好，林少恆先生！我是記者，想請問你幾個問題就好！」

一名女記者聲音尖銳，對著林少恆叫道。

而且態度堅定沒打算讓人拒絕的意思。

原本林少恆會用直播預告災禍與火山爆發，原本就有想要提升知名度的想法，但沒想到真的碰上了記者，林少恆下意識只想躲開。他覺得自己眞是糟透了，如果沒做好準備，當初就不應該搞什麼預言直播。

「……抱歉，今天比較晚了，改天再來吧。」林少恆婉拒受訪，直接朝事務所內走去。

「你知道台北即將發生大地震的事情嗎？」女記者頓了一下，又說：「你曾經準確預言火山爆發，外界很想知道你的看法，方便說一下嗎？」

林少恆原本已經要關上鐵門，一聽見她的話，整個人愣住！

「妳說什麼？」

「大地震。聽說台北即將發生規模7以上的巨震，而且會導致大台北許多地區陷落和淹水。」

林少恆腦中嗡嗡作響，她是怎麼知道這件事的？迅速整理任何知情人士的名單。

孫人澤主任透露的？不太可能，感覺她就是會隱瞞到底、祕密執行其他計畫的官僚。

刑警羅駿？也不像，如果他是爲了查案，傍晚應該會帶一群警察來抓他，確保萬無一失無法脫逃，而不是祕密行事，甚至還胡亂開槍，根本別有私心，因此羅駿對外洩漏的機率也不大。

剩下知情的人，就只有王向智教授，以及身旁的許惠晴。

但他們是不久前，在艋舺的老宅因爲自己自白才得知，就算王向智早從斷層監測資料預判會有大規模的地震發生，沒有官方允許，依他的性格應該不可能擅自對外公告才對。

那訊息到底是如何外流的？

況且，現在外界已經知道是自己胡搞里奧1號，所以導致火山和台灣沉沒的危機嗎？

林少恆臉頰漲紅，在記者面前，他覺得自己的祕密曝光，再也無法躲藏。

「……林少恆先生？你還好嗎？」女記者問：「另外還有一個問題，關於知名預言大師錢正隆，主動向你發出挑戰，表明他才是目前最準確的預言家，這點你有沒有想回應的？」

「妳說什麼？」林少恆不解：「錢正隆提到我，還跟我發出挑戰？這怎麼回事!?」

女記者似乎沒意會到，眼前這位把全台灣鬧得沸騰不已、卻又神隱不見的年輕預言家，此刻完全在狀況外，手裡的錄音筆緩緩放下。

「你眞的不知道？」女記者說：「還是我在這裡稍等你一下，等你比較清楚狀況後，我再來訪問你？不管多晚都行，我們就在這裡等就好。」

順著女記者的指向，果然條通裡至少有三組記者正虎視眈眈想衝上來訪問，只是礙於樓梯太窄的緣故，讓這名女記者搶了先機，而她完全沒打算離開樓梯的意思。

「痾……好，謝謝。」林少恆尷尬地說完，立刻把門關上。

林少恆耳膜噗通噗通都是心跳聲。

「剛剛她到底在說些什麼東西？我怎麼一句都聽不懂！」

「我想，應該是這個新聞。」許惠晴點開自己的手機，好幾則快訊彈出，佔滿一整個頁面。「一個小時前，錢正隆用直播預言最新的災難。」

「快訊，台灣沉沒！」

「知名預言家錢正隆最新宣告，台北三日內將發生7級以上巨震，不排除發生地表陷落與海水倒灌危機……」許惠晴將最上面一則新聞快訊內容逐字唸出。

「他到底想做什麼……」林少恆話才剛到嘴邊，自己便先愣住了，想起王向智跟他提起的計畫。

震波誘導設備。

曙光會。

以及錢正隆的計畫！

林少恆一瞬間弄懂，這名曾經讓自己崇拜不已的前輩預言家，暗地進行的計畫不僅僅是製造一個大規模的天災。對外界而言，他是一位拯救世人的先知，向社會敲響警鐘的使者。而他領導的曙光會，正扮演在末日悲劇來臨時，給予大眾浮木如天使一般的角色。

只是，不是每個人都可抓到這塊浮木，而且收費還頗高。

林少恆迅速找到剛才錢正隆的直播影片。

果然如他所猜想的，他在中南部，甚至海外，皆有安排土地開發團隊，尋覓無斷層經過以及地勢較高、相對安全的區域，早已購置大量土地進行曙光會的開發案。

直播內容提到，錢正隆甚至願意將位於中部山區、一座剛完工的避難社區提供給有意願加入會員的民眾移居。意外的是，還針對沒有太多預算的大眾，提供短期租約的便宜方案。曙光會也規劃在多個區域據點，販賣緊急用品與物資，讓民眾方便準備。這一切，簡直就像早已籌備多年，爲了拯救大眾而存在的計畫。

對於外界來說，若沒有錢正隆的遠見，恐怕大家只會亂成一團。

如果不是提早得知錢正隆計畫背後的目的，林少恆自己也會對這人的出現感激不已。

他持續觀看錢正隆上傳的直播影片，點閱數短短一個小時內瘋狂地激增。

直播過程中，這名預言大師坐在自己的辦公室裡，以沉穩的語調說出即將發生的災變與解決方案後，語調一轉，忽然提到一名近期竄出爆紅的無名預言家：

「……那位自稱預言家的年輕人，雖成功預言大屯火山爆發，但非常不負責地消失於大眾視野之中。如果眞的有能力準確預言火山，爲何不能再次向社會提出警告，短時間內有更爲嚴重的巨震與沉沒災變？我懇求社會大眾，不要相信來路不明的算命騙子，就算偶爾猜中，卻無法提供人們解方與應對方案，這跟製造恐懼是沒有差別……」

錢正隆雖然沒有指名道姓，但外界所有人一聽就知道，他指的是一個多月前自行直播預言的無名預言家林少恆。

林少恆和許惠晴看完，二人互看一眼。林少恆氣極，卻也不知從何反駁。對外界來說，他說的的確是事實。

錢正隆幾句話，便把失去提前預言火山爆發的劣勢，一下子扭轉過來。

「所以……這場大地震，已經成了定局？」許惠晴又說：「不管最後如何，震波誘導設備有沒有引爆，曙光會已經成功製造大眾的恐慌。我看到網路社群已經有很多人在詢問錢正隆提供的避難社區資格。你打算怎麼回應外面的記者？他們都在外頭等你。」

林少恆咬著牙，想起孫人澤一行人來找他時，涉險觀看未來的災禍畫面，的確發生了建物倒塌的災難，但這不就代表最後沒找到曙光會安放的震波誘導設備嗎？預知畫面裡，更倒臥了許多自己認識的人，不然那場未來災難是怎麼回事？

看來如許惠晴所說，災難已成定局。

可是，這不是我要的未來。

一個聲音從腦海竄出。

林少恆雖然從事算命事業，但這是第一次不願相信自己見到的未來災禍畫面。眼見不一定為憑。

他想反抗，年少時那股叛逆的血性又湧了出來，即使這幾年在條通謀生打滾，圓滑了許多，但天生的個性依然無法輕易改變。

林少恆想到這，立刻起身，往事務所門口走去。

「阿恆，你想幹什麼？」

一個聲音從事務所內側傳來，是鬼魂張誠。從二人一踏進事務所後，鬼魂們就默默觀察，知道外界正發生重要的大事。

定。

此時鬼魂張誠與林少恆認識多年，就算不開口，也知道對方做了某種反常的決

「看他那個死樣子，一定要幹怪事了，包準沒多久就後悔。」

瘋狗徐志益一樣貪懶在沙發上，瞥了一眼林少恆。瘋狗雖然與林少恆不對盤，但對彼此個性熟悉不過。哼了一聲，仍直盯著對方，眼中透露奇怪的情緒。

「這次不上網直播了。」林少恆露出壞笑：「錢正隆學我搞直播，難道我就不會直接找他們嗎？」

他透過二樓事務所窗戶，指著樓下那群遲遲等待林少恆出面的記者們。

13.

一、二、三、四、五……

光架設在預言事務所樓下的攝影機就有五台之多，還不算其他聞訊而來站在攝影記者後方的旁觀者，看他們拿手機的姿勢，八成也正在直播或錄影。

幾分鐘之前，林少恆打開預言事務所鐵門，那名女記者果然不死心地站在階梯最上層，看來她鐵了心要訪問到林少恆才肯罷休。

林少恆簡單和她交談幾句，表示願意針對錢正隆的話進行回應，但希望能讓其他家媒體也有公平的機會。

女記者沒想到這名躲了媒體好幾天的年輕人居然會提這種要求，立刻朝下方小巷的攝影記者招手，要他們盡快整理一個區塊。

光線打在林少恆臉上，鏡頭對準，在這一瞬間，眼前的亮光讓他幾乎見不到眼前所有人。當初選擇直播預言天災時，如果知道爆紅後得承受這些，或許他就不會做出如此大膽的舉動。

但此刻，他又得再做一件更讓外界出乎意料的事。

「大家好，我叫林少恆，只是從事命理工作的一名小市民。相信許多人都看過一個多月前我預言大屯火山爆發的影片，希望大家在這場天災裡，都有安然度過。有關曙光會錢正隆先生預告，台北即將發生大地震一事，我已經有所了解。如果外界想聽聽我的看法，我想說的是……的確，這場天災非常有可能會發生……」

當林少恆話語剛落，眼前的記者們頓時吸了一口氣，騷動起來。幾名記者甚至拿起手機撥打，不知道是回報公司，或者是打給自己的家人。

而林少恆口袋裡的手機突然一陣震動，低頭瞄了一眼，上頭顯示「孫人澤主任」，忽然想起那份保密合約，他知道孫人澤打來的目的，但那又如何？

切掉通話鍵，面對鏡頭，繼續說。

「若先不提命理預言，根據我掌握到可靠的斷層監測資訊，樂觀一點，或許七年內才會發生；而悲觀來看，搞不好今夜就發生大地震了。但我此刻出來講這些，並不是要大家趕快逃離。預言之所以存在，不是爲了讓大眾恐慌，也不是讓某些人得以藉此牟利；它只是一種提醒，告知世上還存在另一種可能發生的命運與災厄。面對即將發生的災害，每個人都有權力決定自身要如何應對，做出最有利的選擇。而我相信，這場災難還有轉圜的空間，我一定會盡全力阻止……」

「阻止地震發生？」剛才那名女記者思緒很快，立刻發問：「您的意思是，這場災難可能是人爲的？」

林少恆看著女記者，頓了頓，說：「我覺得是。」

這下子，就連其他一直保持鎮定的記者都出現騷動，不斷交頭接耳，就連提問的女記者又急著問：「可以透露多一些資訊嗎？」

「您知不知是誰製造這個地震的？」

「跟之前的火山爆發是不是同一人所爲？這兩者是不是有關聯？」

「目前人類科技有可能做到這種事嗎？」

「消息來源是？」

眼前記者也不管攝影機正在拍攝，麥克風都快遮到林少恆整張臉，就是要問出更進一步的消息。

「我不會讓災難再次發生的。」林少恆簡短表達自己的想法後，沒有再回答問題，只是連連說謝謝，立刻朝事務所走去。

碰一聲。事務所鐵門隔絕了外界一切紛擾。

靠在門邊的林少恆心跳不停，呼出一口長氣。

「我覺得你讓外界對你更好奇了。而且，我要是錢正隆，一定氣壞了。」

坐在事務所裡的許惠晴拿著手機，看著螢幕顯示林少恆剛剛在樓下的採訪發言，她全都透過直播觀看到了。雖然覺得林少恆這人偶爾不太正經，但做事挺認眞的，沒想到他居然在媒體前來這招。

許惠晴還發現，有幾家媒體拍攝到他們剛走進預言事務所的畫面，模樣雖然沒有很清晰，但一看就知道自己入鏡，這讓她也有些頭痛。

原本只是想勸林少恆向大眾公開預言，讓外界做好避難與防災的準備，目的是達到了，但今日的發展卻遠超自己的預期。

「我們現在該怎麼辦？」許惠晴問。

「不用擔心，我不是說我有一群厲害的朋友嗎？」林少恆神祕一笑，看向一旁。有個身材嬌小的鬼魂正湊到林少恆耳邊，低聲說了幾句，但視線一直停留在不遠處的許惠晴身上，表情帶點敵意與較勁的意味，可惜許惠晴見不到。

那是鬼魂吳文心。

默默聽完吳文心講的話，林少恆微微瞪大雙眼，滿臉不敢置信：「預言之神？他眞的這樣稱呼自己？」

就在知名預言家錢正隆，以及突然爆紅竄出的林少恆，兩名預言家分別給出截然不同的預言，但外界仍然沒有排除發生大地震的可能。

就連政府單位也被這兩人弄得不得不出面，在深夜發了新聞稿，表示目前斷層活動都有在觀測之中，雖然有地震活動頻繁的跡象，還是請民眾不要驚慌，相關單位都有在掌握。最後也提到有關二位預言者的警告，表示尊重外界的說法，但目前尚未聽說有引發地震的科學技術，因此有關議題不表示評論。

但這類的言論或許大眾看多了，此刻人心浮動，一位是成名多年的大預言家，另一位則是成功預言大屯火山爆發的年輕新秀，就算二人看法不同，但都把矛頭指向近日不排除會發生巨震，甚至導致更恐怖的下陷危機。

今夜的台北，注定已成熱鬧不眠的夜晚。

儘管此刻已接近深夜，但所有聯外的高速公路居然開始出現車潮，相對通往市區的方向顯得冷清。飛往鄰近國家的班機機位居然在網路上也出現搶購，桃園國際機場與松山機場，以及航空公司深夜值班的電話響個不停，已經可以預期明日一早，將湧進如過年長假的人潮。

而在網路上，也默默形成兩派看法。

一派相信成功預言多次的錢正隆，認爲他是台灣極少數具備遠見與執行力的人才，早就替大眾想好可替代的住所；甚至在危機來時，更提供民眾所需的避難包物資，讓大家免去大賣場排隊搶貨的苦頭。就算是收費高些，這也是他應得的。而最誇張的支持者，甚至要他出馬競選下任總統職位。

而另一派，反倒是見到林少恆預言火山爆發的準確性後，再加上今晚他對外發表的言論，認爲就是有人在背後搞鬼。雖然多數人對引發地震的神祕陰謀抱持懷疑，但鑑於林少恆敢在鏡頭前現身，多次說不會讓災難再次發生，不知道爲何，他在網路上默默也形成一股支持的力量。

但無論支持哪一種說法，每個人大都早有定見。相對這些看見新聞便立刻開始著手行動或避難的人們，有更多的民眾則是毫無動作，靜靜過著自己原有的生活，好似今夜的頭條快訊，又是八卦流言的無聊新聞之一。

14.

「預言」的歷史非常悠久且多元，根據古代傳說，大都是某種神靈或超自然力量，透過各式神奇玄妙的途徑，例如夢境、幻覺、召喚等等，將未來發生的事件傳遞給某個人知曉，而這種人在古代常被稱呼爲「先知」。

尤其在宗教領域，不論東方或西方，皆有類似的預言故事發生。

例如西方的基督教，新約聖經就曾提到世界末日的預言，最後一章節《啓示錄》就曾提到接二連三的大災難，朝毀滅的方向前進的畫面。

源自中國唐朝天文學家李淳風與精通面相的袁天罡，就曾合著《推背圖》，更是流傳至今的古代預言書，就算目前可見的版本已有多種，仍然被許多人當作驗證預言的奇書。

其他如古希臘神話流傳的阿波羅女祭司皮媞亞，眞實存在的保加利亞盲人預言家巴巴萬加，或者近年常見媒體版面的印度神童，人類歷史上，出自不同的文化體系，皆有各種不同的先知預言家存在。

就算早已進入網路科技世代的今日，也有大量現代新興宗教或邪教，自稱具有神諭的預言，藉以吸引人群加入。

儘管世界和過去的面貌完全不同，不變的是，數千年來人類對未來同樣感到徬徨，以及恐懼。

而這些自稱預言家的人，說穿了，也只是善於看透人心裡那些無法被滿足的孔隙，用屬於自己的方式填滿它罷了。

很多時候，有關未來的預言無法立即驗證，除了當下相信，也只能靠自己展開行動。林少恆心裡閃過這個念頭。

就像他的鬼魂夥伴的能力雖能預知未來，卻受限於制約，不能對林少恆講實話，否則將危及他們存亡，尤其是與林少恆自身有關的未來。對於已經發生一段時間的事，則可以跟其他外界的鬼魂交流，看看是否有可用的線索。而林少恆自己除了事務所這三名鬼魂以外，就不曾在其他地方見到陌生的鬼魂，這點也讓他感到神奇。

他覺得自己就像古時的靈媒祭司，穿越到了現代，卻無人肯相信。

此刻，他腦海正在消化稍早吳文心在他耳邊說的話——

臣服於預言之神的腳下，戰鼓往黑暗深處而去，曙光是唯一的救贖。

在更早之前，吳文心因爲林少恆的請託之下，要她去尋找那名突然在日式酒店竄出的陌生男子，原以爲他是黑幫奎和會的成員，但越想越覺得不對勁。

「我想我們意外得到有關曙光會的祕密訊息了。」吳文心繼續說。「這段訊息，是從那個闖進酒店的男人手機擷取到的一段話。他被對方稱作梟凱，應該與曙光會脫不了關係。」

黑夜中，有輛計程車載著一男一女的乘客，正從林森北路附近的小巷離去。司機很習慣有人深夜攔車，動作鬼祟的情侶乘客他見多了，但後座這兩人看起來十分年輕，穿著也不像來酒店消費的客人，而且他們兩人的談話更反常，一下火山、一下地震，或許是看到今夜的新聞快訊，討論起那幾個預言家騙子。

男的一上車就要司機往前開，回頭望了幾眼，先離開條通附近再說。

八成又是拐走女人的小白臉。

但男生看起來不是很緊張，而女生長得秀氣又精明，從沒在這區見過，這兩人到底是什麼來頭？

算了。

不多嘴，是計程車司機的鐵則。有錢賺，表照跳，這樣就好。

「臣服於預言之神？這聽起來的確很像錢正隆的自稱，尤其他爲了搶回風頭不惜開直播批評我，很符合他的作風。」林少恆坐在計程車後座壓低音量說。接著又把從鬼魂吳文心那裡得到的完整訊息轉達給一旁的許惠晴。

「我聽得懂最後那段曙光是唯一的救贖，應該又是要人入會之類的，但那戰鼓又代表什麼？」許惠晴低頭思考。

「不知道，吳文心只給了這段話當線索。喔，她是我的鬼魂夥伴之一，以前是我高中同學。」林少恆解釋。

「好吧，可惜我見不到他們。」

其實許惠晴不信鬼神，平時在外執勤救護，靠的是自己的雙手，雖然偶爾會碰上那些竭盡全力依然無法救回的個案，但如果有時間祈禱，不如思考還有哪些可以挽救生命的方法。卻沒想到，竟然碰上林少恆這個充滿謎團、又見得到鬼魂的奇怪傢伙，讓她多年來的信念也出現了動搖。

「我在想，如果眞的有什麼震波誘導設備，這麼重要的東西，應該也不會隨便找個地方放才對，或許要擺放在容易引發地震活動的區域。另外，這東西不曉得體積有多大，搞不好像台車一樣，那也不可能隨意找地方擺吧。」

林少恆一邊思考一邊推論。

「如果你說的方向是對的，那應該只有屬於錢正隆，或者是曙光會自身的空間，比較有機會安放這個設備，否則太過顯眼。說不定他人就在設備旁邊，只是我們上哪找錢正隆？」許惠晴忽然想起一件事：「對了，難道不能請你那些鬼魂夥伴幫忙找嗎？」

林少恆搖搖頭：「我試過了，但他們說從這震波誘導設備感應不到任何線索，如果不是保密得很好完全不讓外人看見，說不定根本不存在也是有可能，但我覺得依曙光會這麼龐大有計畫的組織，應該不會做這麼大的賭注才對。只是錢正隆的行蹤比我想的還要隱密，要找到他本人也不是那麼容易，或許眞的如妳所說，錢正隆和震波誘導設備都藏在曙光會某一個據點比較有可能。」

許惠晴聽見後連連點頭，立刻上網搜尋有關曙光會的線索。

從搜尋到的官方網站，赫然發現光是在台北市與新北市，就有至少五個分會據點。近期地震防災的需求暴增，曙光會甚至還在各分會擺放地震包以及相關避難物資的販售站。

網上還有人把各個據點位置整理出來。

「我們不可能一個一個去找，更何況到了曙光會的據點，要怎麼尋找震波誘導設備也是個大問題。」她看著寫有各分會據點的地址說。

「我記得王教授有提到，這個斷層叫山腳斷層，我猜想，設備應該是安放在斷層帶附近。」

林少恆說完，立刻從手機搜尋有關山腳斷層的資料，恰好有一份論文將斷層經過的路線清楚繪製在北部地圖上，印象中與王向智前來事務所拿出的斷層資料相差不多，應該是可參考的資訊。

但經過比對後，卻陷入更大的麻煩。

所有曙光會現有的分會據點，沒有一個恰好設立在山腳斷層經過的地點，不曉得是不是當初在選址時，就有把這危險因素考量進去的關係。

忽然間懷抱一絲希望的推論陷入了困境。

「那個先生……你們要去哪裡？」前方的司機忽然出聲：「前面已經沒路了。」

林少恆才驚覺，上車後只顧著不被記者跟蹤，完全沒跟司機講目的地，但此刻要開去哪，自己也是毫無頭緒。

難不成眞的要一個一個據點找？

「這個……」司機忽然開口：「你們是不是在找錢老師啊？」

「錢正隆？」林少恆驚訝說：「司機大哥你知道他？」

「當然，今晚廣播都是他的新聞，我是聽不懂你們在說的什麼設備啦，但我可能知道他會在哪裡。」

「怎麼可能？難道……你是曙光會的會員？」林少恆吸了一口氣，敏銳地察覺如果對方真的是曙光會一份子，自己還在對方車上，實在太過大意。

司機苦笑一聲：「哪有這麼有錢！年輕人你知不知道要加入會員要繳多少？先別提年費，要事先知道錢老師的每個預言，還要另外收費耶！」

「聽起來真是一門好生意。」許惠晴對著一旁的林少恆笑說：「我看你以後要多學學。」

面對許惠晴的挖苦，林少恆很想翻白眼回應。不過，這倒是不錯的建議。

司機繼續說：「這些都是我老婆跟我講的，她之前就在錢正隆那邊幫忙打掃，聽說房間大得要命又好幾間，常常有客人來訪過夜。而且啊，她還說房子常常有貨車進進出出的，貨都是曙光會裡的雇員在處理，也不知道搬去哪裡，房子跟無底洞一樣，見鬼了。」

林少恆一聽，似乎覺得這其中必定有問題，點開手機螢幕趕緊問：「你說的地方，是不是曙光會這幾個據點其中一個？」

司機趁紅燈暫停時，側臉看了手機上的地址，才瞥一眼就說：「都不是，差得遠了。」

「你好像很熟悉？」許惠晴疑惑說。

「當然，我之前每天載老婆去工作，地址都會背了。」司機又接著說：「你那些資料都是網路上查的，是給民眾看的。而我剛剛說的房子是錢正隆自己的私人住宅，哪有可能放在網路上給你查！」

林少恆和許惠晴眼中閃過希望的光芒，知道線索還沒斷。

「能載我們過去嗎？」林少恆說。

「現在？那裡因爲火山爆發，路早就封起來管制了，不知道開放了沒？而且誰知道火山會不會又爆一次？太危險了！」司機大哥轉頭瞪了一眼林少恆，表情微微一愣，突然叫道：「靠腰！你不就是上次開直播預言火山爆發的那個年輕人！」

林少恆對他微笑。

「請你再相信我一次，這次火山絕對不會再爆。還有，如果你不載我們去，也許會發生更嚴重的災難。拜託了！」

15.

這是大屯火山爆發後，林少恆第一次返回受災的區域。

上次他是和身旁的許惠晴駕駛救護車從山上疾駛到市區的醫院，沒想到才過沒幾天，現在又和同一人重新沿著相同路徑緩緩朝山上前進，直到經過一個岔路口，這才遠離上次曾行經的方向。

司機得知車後的年輕人居然就是預言火山爆發的年輕預言家，一連問了他好幾個問題，但都跟天災無關，比較多的是未來股市漲跌、候選人是誰當選，甚至還要他寫下接下來幾期的樂透號碼。林少恆當然沒這種神通異能，只好保證等一切搞定後，請他來條通的事務所，會免費幫他占卜，看要問什麼吉凶都行，這才讓司機滔滔不絕的那張嘴稍微安靜下來。

計程車一邊往山區移動，不知道是因爲空氣品質不佳，或者是車輛行經把地面的碎屑揚起，車窗玻璃上佈滿細細的粉塵。林少恆把後座車窗開啓一道縫隙想看得更清楚些，一股淡淡的刺鼻氣味撲面而來，令他想起當時七星山爆發時，當下生死一瞬的恐怖回憶。

實際重回現場，林少恆從空氣中依然殘留的氣味，地面的灰黑色粉末，以及周邊原本該是熱鬧的商店街與透天民宅，對比此刻被強制撤離後的現況，在深夜車燈的照射下，顯得死氣沉沉。

雖然是小規模的噴發，依然影響了當地數千、甚至鄰近上萬名居民的正常生活。但畢竟受災規模有限，多數的台灣人對首次見到的災難，大都是從新聞畫面得知，鮮少親眼目睹，因此抱持著看熱鬧的心態居多。

或許，人群總得在罹難者的面孔上，見到自己熟悉的名字，這場天災才更具真實感。想到這，林少恆心裡一沉，他至今不曉得，這場從沒人想像過的災難，是否是自己胡搞里奧1號惹出來的事端。

但發生的事已成事實，沒有什麼好回頭看的，只能盡全力阻止接下來可能出現的巨震。

沿途人車稀少，直到經過一處便利商店的路口，才出現管制站。

「麻煩暫停一下。」穿著反光制服的警察揮舞著螢光棒，戴著口罩看不見嘴型，但從手勢明白要計程車停止。「去哪裡?再上去就沒開放了。」

「幫個忙，我有客人要到上面的住宅。」司機說。

「不行，那邊的居民都暫時撤離到市區的避難點或飯店了，除非有特殊原因報准，不然要等管制結束才開放。」警察很堅持。

「怎麼辦？看來是不能過，但沒其他條路上去了。」司機轉頭，低聲求救。

「從這裡下車，步行能到嗎？」林少恆偷偷問。

「可以啊，如果你不介意天亮前才到的話。」司機意外到現在還有心情開玩笑。

要是林少恆自己開車，他可能油門一踩，先衝過去再說，但他不可能跟司機提這種要求。而且錢正隆的住所隱蔽，還得需要他幫忙帶路才行。

林少恆很想直接跟攔路的警察說清楚原因，但如果說什麼曙光會錢正隆藏有能誘發大地震的炸彈，恐怕自己先被調查一番，時間上也會耽擱太久，更會讓消息走漏。

這個意料之外的小插曲，沒想到竟然讓行動陷入難關。

他拿起手機想求救，但平時碰上的困難還可以打給純姊，但這種關頭還能找誰？林少恆要司機先路邊暫停，跳下車來回走動，苦惱點開手機，赫然發現數通未接來電。

都是國家特殊災害防救辦公室主任，孫人澤。

他遲疑了一陣，立刻按下回撥。

「你終於回電了。」

孫人澤的聲音從電話另一頭傳來。現在已經過深夜十二點，但她的聲音聽起來彷彿還坐在辦公桌前。

「抱歉，剛剛在忙。」

「我知道，你上新聞，我全部都看到了，講得很好。」

講得很好？

林少恆與孫人澤接觸不深，一時之間，無法理解這句是反諷他無視保密合約，或者是單純的禮貌？

「所以……妳打給我是？」

「我本來是看見錢正隆的地震預言，想再次和你確認，之前看見的預知災禍畫面有沒有改變，但沒想到你居然膽子大到上電視採訪。」孫人澤語氣沒有太多起伏：「不過沒關係，有關地震的消息是錢正隆先主動曝光的，我會去查他是怎麼得知的，而你只是被他逼出來回應。但你講了太多王教授提供的斷層監測資訊，從今晚到七年？你要民眾如何應對？唉，算了。」

孫人澤講話的方式，林少恆差點以為自己在跟高中時期討厭的老師對話。

「但你暗示地震是人為因素，而且還說要阻止地震發生？這怎麼回事？」令人厭煩的教師語氣又來了。

「如果我說，這場地震可能是由錢正隆引發的，妳相信嗎？」林少恆直接開口。

孫人澤沒有立刻回應，似乎正在思考。

「你怎麼得知這個消息的？」她語氣依然不變。

這個回應，讓林少恆一驚，聽她的反應，難道孫人澤早就知道錢正隆有問題？還在猶豫是否該透露消息是由王向智告知的，孫人澤又開口。

「王教授今晚打給我，要我動用資源協助你，說你可以找到引發地震的設備，我原本是不相信有這種事，更不相信有這種設備……但考量你曾經準確預言的前例，只要有機會阻止災難發生，我什麼事都願意做。」

「太好了，那請妳幫個忙，跟靠近大屯火山群管制站的警察講一聲，讓我通過。」林少恆趕緊透露所在位置。

「管制區？你跑去那裡做什麼？」雖是透過電話，但林少恆彷彿能見到對方的眉頭皺了一下。

此時，由於計程車停車的時間頗長，就連警方也覺得不對勁，朝他們走了過來。

「沒時間解釋了，妳要幫忙就快點。」

「我處理。」孫人澤很快結束通話。

眼前這名警察似乎覺得這群人非常可疑，一般民眾碰上管制區，大都直接迴轉掉頭，因此看見對方遲遲不肯離去，一隻手按在槍套邊，靠了過來。

「先生，有什麼問題嗎？」

「沒有沒有，只是打通電話。沒辦法，誰知道只是去拿個東西就碰上管制，你們也是辛苦了，哈哈哈……」林少恆趕緊陪笑，但不曉得能撐多久。

「這裡火山剛爆發沒幾天，很危險，沒事不要拿生命開玩笑，趕快離開！」警察似乎有些不耐，要林少恆盡快上車。

「好好好，大家辛苦了！啊……還是我去買瓶涼的給你們。」他指著一旁商店騎樓的販賣機。

警察終於按耐不住，抓起對講機，似乎準備呼叫支援，但對講機比他更快傳出聲音，趕緊接到耳邊聽。

十幾秒後，警察放下對講機，疑惑說：「你叫林少恆？」

「對對對，就是我。」

「局長通知放行，你們過去自己小心。」警察放下對講機，好奇問：「你剛剛是跟誰講電話？行政院長直接打給我們長官，從沒聽過這種事。」

行車穿過漆黑的樹林道路，此時車燈是林間唯一的光源，就連開過許多次的計程車司機不免放慢車速。

車道上一層火山碎屑無人清理，林少恆注意到前方路面，已有輪胎行駛過的印痕，他直覺這裡應該不會有太多人前來，印痕邊緣還算清晰可辨，應是這兩天才留下的，但他沒看見車道對向的回程痕跡，這代表目前還有人在山上？或是有什麼其他原因留在山裡沒有撤離？還是有其他條路可以離去？種種疑問待解。

想到這，林少恆更是提高了警覺。

就當司機彎進一條林道，盡頭是一座巨大的豪華莊園鐵門。鐵門沒有關上，是半開的狀態。

從鐵門柵欄縫隙，可以見到內部有一棟宏偉的水泥色建築，佇立在庭院的正中央，而前方有一塊廣大的空地，足以容納數台貨車停放，但此時僅有幾台零星的廂型車，上頭也覆蓋一層厚厚的火山碎屑，一段時間沒有移動了。

「我之前只有送太太到這裡而已。」司機在鐵門前停下：「你們確定要進去嗎？這裡看起來一個人都沒有，誰知道會不會碰上什麼危險？」

「當然，既然都來了，不進去說不過去。」林少恆很快結清車資，感激地說：

「謝謝你特地載我們來，等這一切都處理完，來事務所找我。」

「好吧，不然這東西借你們用。」司機從椅子下方，掏出一個長柄的手電筒，他說這玩意不只亮度強，拿來防身也不錯，但別弄丟了，他會去事務所討回來。

「老實說，我看錢正隆這傢伙不爽很久了，賺了這麼多錢，對我太太倒是挺苛刻的。如果他眞的想搞事賺這種災難財，我也覺得不意外。」

林少恆接過手電筒，沉甸甸的，手感紮實。

許惠晴也向司機道謝，二人很快跳下計程車。

當司機駛離原路後，此刻林少恆才察覺，若剛才司機沒有好心借他手電筒，恐怕這裡的漆黑光憑手機亮光，根本不足以前進甚至搜索。

點開手電筒，他和許惠晴互相點了點頭，輕輕推開鐵門，發出輕微的喀滋摩擦聲。

林少恆一瞬間有種錯覺，眼前的鐵門樣式讓他想起多年前，那個闖進療養院的颱風天，只是現在不必翻過圍牆，也無風雨，還多了許惠晴陪同。

但不知爲何，一切充滿了不安的感覺。

當二人潛入位於山區的錢正隆私宅時，有台小巧的攝影機架設在隱蔽的圍牆邊緣，它稱職地持續運作，監視著鐵門方向，即使建物燈光都已熄滅，但它獨立電源使它依舊運作得非常順暢。裡頭有一雙無形的眼，把闖進私宅的所有動靜牢牢存進硬碟，然後上傳到雲端，等待另一人開啓。

16.

林少恆和許惠晴穿過停車場與一座巨大的花圃，終於來到錢正隆的私人宅邸時，意外花費了比想像中更久的時間。原因在於花圃路線設計頗具巧思，刻意以繞遠路蜿蜒朝建物前進，雖可讓來訪的來賓以多種角度欣賞眼前的造景，但此刻對他倆來說，簡直是最礙事的路徑。

尤其此刻花朵上沾染了一層灰，無力垂下，看起來更無生氣，就像地獄來的植栽。

建物大門是深咖啡色的鑄鐵材質，沒有鑰匙孔，僅有一組密碼面盤。

「你該不會剛好知道密碼吧？」許惠晴疑問說：「如果輸入錯誤，不知道會不會觸動什麼警報之類的。」

「我當然不曉得密碼，但這不妨礙我們進去看看。」

林少恆心裡閃過數個方案，許多是年輕時幹過那些荒唐事累積下的經驗，如果大門不能進出，他會選擇像氣窗或一些廚房後院之類的路徑，那些多數人輕忽而常常沒上鎖的死角，缺點是得用一些奇怪的姿勢才能攀爬入內，他有點擔心許惠晴是否能接受。

不過在嘗試這些方法前，還是得先檢查一下大門。

林少恆右手抓住門把，電子螢幕面板忽然亮起。浮現了從0到9的數字觸碰式畫面。

就連密碼是幾個數字的組合都不得而知，林少恆很果斷地決定放棄，但依然習慣性地輕輕拉了一下門把。

咔，有道奇怪的聲響傳來。

門閂似乎根本沒有卡緊，居然輕拉就出現一條縫隙。

「林少恆！」許惠晴驚訝地瞪著大門：「你打開了！」

「好吧，其實我騙了妳。」林少恆對她眨了眨眼。「有時候運氣也是很重要的。」

許惠晴一下子便意會過來，不太理會這個無聊玩笑，立刻把注意力移往門內的世界。

林少恆沒得到好的反應，摸了摸鼻子，趕快入內，打起手電筒照明。

眼前是一個寬敞的大廳，建物是水泥表面的清水模風格，室內幾乎找不到沙發或桌椅，與一般的住宅配置差異許多，乍看之下，讓人以為來到了一座山林裡的私人美術館。

但如果結合計程車司機透露的線索，平時常有許多貨車進出。如果真有大量物資的需求，那麼寬敞的大廳恐怕也只是為了搬運方便而留下的空間。考量到方才進門前的蜿蜒花圃，或許應該會有一個更便於卸貨的路徑，只是尚未發現而已。

林少恆把手機點開，檢視目前自己的定位。果然，他們身處的位置，與山腳斷層的沿線某一處重疊。

或許，這裡真的是他們要找的地方。

「似乎都撤離了，完全沒有人影。」林少恆用手電筒來回掃視大廳，果然一點動靜都沒有。他幾乎可以聽見外頭的風吹在樹上的摩擦聲，互相搖曳撞擊的枝葉，透過窗戶朝外看去，畫面顯得有點詭異。

掃視大廳的過程，注意到許多展示台上有淡淡的印痕，中央很乾淨，而印痕之外的台面附有灰塵。

很明顯，原本上面曾擺放物件。

有圓有方，看來錢正隆早就把值錢的美術藏品都搬運走了。

但為什麼？

林少恆問著自己，忽然意識到這是一個清楚不過的問題。如果這裡眞的計畫放有震波誘導設備，恐怕眞的啓動後，這棟豪華的建築也沒辦法繼續存在，因此特地先行撤離多數値錢的藏品。

林少恆回想吳文心替他竊取到那個名叫梟凱的男子收到的奇怪訊息：

臣服於預言之神的腳下，戰鼓往黑暗深處而去，曙光是唯一的救贖。

預言之神的腳下？這該不會是某種線索？

如果按照錢正隆爲了奪回知名預言大師的頭銜，而情願開直播攻擊他。林少恆第一個想法便是，這個預言之神會不會是在說錢正隆本人？

立刻舉起手電筒到處照射牆面，清水模建築反射出溫潤的水泥質感光澤，但就是沒找到任何跟錢正隆有關的肖像，就連寫有名字的書畫都沒有。

難道自己猜錯方向了？

林少恆過去雖然不愛上學，但並不笨，自從決定從事命理後，他重拾書本，讀了不少有關中外的命理和預言等相關雜學，因此對相關的神話也略知一二。重新思索他曾讀過的書裡，的確有過這麼一號人物被稱作預言之神。

而且不是普通人，是一位貨眞價實的神祇。

古希臘神話裡的太陽神阿波羅。

阿波羅是眾神之王宙斯的兒子，是神話裡的光明之神，因爲他從不說謊，也是眞理之神，常見的雕塑形象是拿著七弦琴的年輕健壯男子。他多才多藝，同時專長音樂、醫藥、箭術，並且因爲無所不知的能力，又被稱爲預言之神。

「我覺得那段訊息，也有可能是在講太陽神阿波羅。」林少恆繼續對許惠晴說明：「我一開始以爲預言之神指的是錢正隆自己，但剛剛看了一圈，似乎沒有錢正隆的畫像或名字可供識別。而且仔細一想，如果錢正隆是一名美術品的藏家，有蒐藏阿波羅的雕塑或許挺合理的。」

「會不會在其他樓層？地下室呢？」

「很有可能。」林少恆站在大廳角落，一側是大片的玻璃落地窗，已經用厚重的窗簾布蓋起，從裡面見不到建物外側，旁邊有階梯，立刻說：「先上去看看就知道了。」

林少恆示意他先上樓，許惠晴跟在後方。

許惠晴原本還想分頭搜索，但林少恆考量手電筒僅有一支，而且目前建物內雖然安靜，但根本無法確定裡頭到底有沒有人躲藏，因此還是一起行動比較保險。

在建物內部踩著階梯而上，這才發現每個轉角幾乎都有設置水泥平台，用來安放藝術品用，只是現在上面都沒有物件擺放，但如此多的展品空間，已經足以證明錢正隆利用曙光會的力量，賺取了大量的財富。

二樓是一個寬廣的會議空間，桌面已經清空，幾張椅子整齊地擺放對齊，而前方的投影牆面一片白，什麼字都沒有，當然也沒有任何線索可供參考。或許幾天以前，上面曾投影著錢正隆精心安排的計畫，但此刻那片白牆，彷彿嘲弄著林少恆，要他拼一塊散亂的全白色拼圖。

他們繼續往最上層移動搜索，裝潢擺飾已變成起居空間，應該是錢正隆生活的主要區域。長廊盡頭，有一扇華麗雕刻木門，明顯與其他空間區隔。

林少恆小心地轉開銅製門把，是一個寬敞的書房。

有張褐色的胡桃木辦公桌放置在中央，左右兩側是高約兩公尺半的書架牆，而辦公桌後方，有一大片暗紅色的絨布落地窗簾，緊緊環繞著書房內部。豪華富麗的風格，簡直是頂級飯店才能見到的裝潢風格，他從沒見過有人家裡會有這種程度的裝修設計。

林少恆來到一側書架隨手一摸，裡頭的層架表面沒有厚重的灰塵沾染，但可以看見架上都有些細微的長條刮痕。

此時書已清空，這代表一種可能。

錢正隆會成爲最知名的預言家並沒有太多神奇的意外，他眞的非常用功攝取知識。從那些刮痕可以看出他很頻繁地抽取書本，以及大面積的書架表層沒有太多灰塵，如果不是勤於清潔，要不就是藏書豐富的緣故。

但不管如何，這個書房他已經清空撤離。

令自己有點懷疑，依這人聰明的腦袋，究竟還有多少遺落的線索可供找尋？

許惠晴思緒不像林少恆那樣複雜，習慣不斷推敲，她跟在後方進入書房，也是對這裡的富麗擺設感到吃驚，但她很清楚自己要做什麼，打起手機的燈光，不斷掃視著辦公桌、地面、書架，甚至還去拉動抽屜，看看有什麼線索可以發現。

行動是解決問題最快的方法。

許惠晴的性格明快果決，從她身上散發的行事風格，只要相處半天，便可摸清楚一二。

林少恆在條通打滾久了，每天面對各懷鬼胎，甚至是上門故意考他的算命顧客，總是習慣於不停觀察與推敲，再以對方能接受的語言用技巧套出話來，讓客人感到驚訝。但說穿了，林少恆自覺在幹的事也不比錢正隆高尚多少。

也許許惠晴如此單純的氣質，正是讓林少恆感到好奇的原因。

才會藉著告知未來的地震災禍，想與她通上電話吧。

許惠晴動作不停，很快地四處查看，忽然撥弄到位於辦公桌後方的大片暗紅落地窗簾，引起一陣晃動。

一個奇異的閃光從窗簾後方縫隙傳來。

「等一下，妳剛剛動了什麼東西？」林少恆問。

「沒有，只是經過牆邊，可能手臂不小心劃到窗簾，怎麼了嗎？」

「幫個忙，把窗簾全部拉開。」

「你懷疑建築外面有東西？」許惠晴疑問。

「可能不是建築外面。」林少恆說：「線索應該就在這裡。」

許惠晴趕緊抓起厚重窗簾一邊，然後快速跑過到書架另一側，幾秒鐘的時間，一下子就把窗簾整個拉開。

在手電筒強烈的光線照射下，眼前發出光彩絢麗的光芒。

「我的天啊！他對藝術品真的很執著，而且偏好西洋藝術。」林少恆喃喃說：「居然在書房裝了這麼大的東西。」

窗簾後方，是一大片馬賽克玻璃組成的彩繪玻璃畫作。

在光線的照射下，彩色光芒四射。

這是歐洲古老教堂常見的彩色玻璃風格，模仿歐洲中世紀的藝術手法，在彩繪玻璃上拼貼出一個令人眩目的畫作。

彩繪玻璃上，有一個兩公尺高的巨大人像，正凝視著遠方。

是太陽神阿波羅。

預言之神正在閃閃發光。

17.

二人仰頭看著巨大的彩繪玻璃拼貼而成的阿波羅畫作，赤裸著身體，身披紅披肩，一旁還有七弦琴和弓箭筒，典型的俊美男子。

在手電筒光線照射下，玻璃散發出光彩奪目的色彩，隨著光線角度的變化，反射出的光彩也隨之波動改變。

如果不是還有更重要的目的在身，林少恆可以在這裡站上一個晚上。

他沒去過歐洲，也沒太多預算出國遊玩，更從來沒踏進過那些書上曾提過的古老教堂，想像裡頭的彩繪玻璃應該就像他眼前這樣，但有這麼近的距離可以觀賞嗎？他不知道。

林少恆花了幾秒鐘讓自己從震驚中回神，強迫自己重新思索那段彷彿謎語的線索。

臣服於預言之神的腳下……

他想起古時跪拜神靈的動作。

域。

林少恆立刻彎下腰，仔細檢查阿波羅前方地面，一直到辦公桌後方一整塊區域。

地面是木質的拼接地板，上頭有精緻的原木花紋仔細打磨而成。原本想著會不會地板底下藏有東西，用手電筒輕輕地敲打，發覺這整塊區域都很結實，完全沒有出現預想的孔洞或狹窄隙縫。

許惠晴見狀，也很快彎下身子，不斷在胡桃木辦公桌附近擴大搜尋。二人忙了好一陣，毫無斬獲。

難道猜錯方向了？

林少恆就連辦公桌底下也鑽進去找了一遍，氣餒地抬起頭，一屁股坐到椅子上，手肘撐在桌面不停抓著腦袋思考。

怎麼辦？線索只有這一條，難不成要把這棟建築整個翻過來找，更何況還有外面的花圃與停車場等寬闊空間地面，佔地寬廣。要是這條線索判斷錯誤，那要找到什麼時候才能發現這個震波誘導設備？

忽然間，透過反光在桌面上見到一組奇怪的英文字母與數字。

RIOY01

痕跡很淡，似乎是某種文件的墨水不慎拓印上去，林少恆自己的事務所辦公桌上，也曾疊了一堆文件，留有類似的痕跡在桌面上過。

而下方還有一些類似文字的印痕，但早已不可辨別。林少恆趴在桌面細看，又找到幾個模糊數字：201907。

這什麼意思？林少恆認出前幾個字母RIO是里奧1號的英文名稱，錢正隆身爲里奧1號的開發者，在此處發現相關資訊並不令人意外。但他記得RIO後方接續的代碼是01，也是1號的意思。

但是Y01？這是什麼？

另外201907這組看起來像年月的數字，只是一組無特別意義的數字嗎？

由於目前處境似乎碰上了瓶頸，林少恆無奈低頭看了桌面的印痕，或許這只是一個無關緊要的文字段落罷了。

「你對錢正隆了解多少？」

許惠晴突然開口，手機螢幕在她臉前照出一片白光，不曉得正在滑動些什麼資訊。

「爲何突然這樣問？」

「我剛才把你發現的那組數字201907，結合錢正隆的名字上網搜尋，發現一則奇怪的新聞。」許惠晴把手機轉向他：「在二〇一九年七月，錢正隆曾經因爲涉嫌教唆曙光會成員縱火，那場火造成許多踩踏意外，甚至有跳樓逃生摔傷的，但因罪證不足沒有起訴。」

林少恆被她一點醒，忽然想起似乎眞的有這麼一件事，但因爲日期久遠，他早就忘記相關年份了。

那時林少恆還是剛踏入命理界的菜鳥，甚至連客人都還沒幾個。因此他對早已備受矚目的錢正隆牽扯進官司的新聞特別有印象。當年，錢正隆對外宣稱位於台北市精華商圈的百貨，可能會出現一場足以致災的大火，但這個預言似乎得罪了當時擁有該百貨的企業財團，保證他們的防火與消防做得非常好，這一切都是爲了打擊商圈的商譽，對方甚至還認定錢正隆是爲了捧自家友好建商新開幕的商場，所以才進行惡意的預言攻擊。

沒想到，一直到了預言日期逼近的那天，百貨還眞的出現火災。

而受災的企業甚至調出錄影畫面，證明當時有曙光會的成員在裡頭，認定是錢正隆爲了達成災難預言而進行的惡意縱火。

但光憑這種程度的證據，根本無法證明什麼。

「聽妳一說，還眞的有這麼一件事。」林少恆又說：「在事發之後，我印象錢正隆還上了不少節目談過類似的事情。但我記得比較深刻的，是他在節目講起年輕剛當命理師時，就算他預言常成功，卻沒有人願意聽信。當時的我也很茱，非常有共鳴，從那時起就很崇拜這位預言家前輩。」

「結果你現在要來找他偷藏的震波誘導設備。」許惠晴把手機收回：「說不定當年，他眞的有教唆手下去放火。」

「或許吧……誰叫他今晚還開直播攻擊我，以前崇拜他就當我年輕不懂事。」

「你也是蠻小心眼的。」許惠晴低聲說。

林少恆苦笑。

在岔開話題後，林少恆線索斷裂的困擾思緒削減大半，重新離開辦公椅，站在阿波羅彩繪玻璃前，思考著自己到底是否遺漏了什麼關鍵訊息。

臣服於預言之神的腳下……

我已經站在祢的腳邊了，但爲何什麼都沒有發現……林少恆整個人貼緊玻璃，眼神幾乎要把玻璃給看穿。

忽然間，他的視線穿過阿波羅身體一處透明位置，看見對面同樣是錢正隆私人莊園的倉庫玻璃反射，發現位於他們所處的頂層彩繪玻璃正下方，大約一樓位置，有個狹窄的車道可供進出，而車道鐵捲門竟然沒有關緊，留下約一公尺高的空隙。

若不是看見對面倉庫玻璃，從他們站立的角度，根本不可能察覺此地正下方一樓外側，居然有一個隱蔽車道可以進出。

「發現了！」林少恆指著底下：「原來眞的在預言之神腳下。」

許惠晴順著方向看去，也發現玻璃反射那片半開的車道鐵捲門，深深吸了一口氣。

二人來到那片鐵捲門前，先用手電筒照射內部。

這是一個可以容納汽車通行的車道，一路緩坡朝建物延伸，前方有個彎，然後轉向更深的空間。

他們以爲下方會停滿了車輛，或者是寬敞的地底停車場，直到進入一個平坦的區域後，旁邊牆角放了幾部卸貨用的堆高機，以及貨品進出的通道，就沒有太多可供車輛通行的空間了。

繼續朝地下內部前進，發覺這裡的裝潢與樓上差異頗大，簡易的隔間區隔出狹窄的白色走道，每隔不到十公尺左右就有一扇門，使人如同進入醫院病房的錯覺。

地底的空間，比上方建物大得多。

林少恆隨手開啓一扇門，室內都是成排上下鋪床架，更往前走，走廊還有貼著各種物資標示的鐵架，但上面的物品都已經清空，如果眞的堆滿，數量會非常可觀。其他還有類似庫房的儲物室，那些車輛卸下來的貨物，應該都運往此地存放。

才搜索沒多久，二人立刻猜出這裡的用途。

「看來這裡不只是錢正隆的私人莊園，如果碰上災難，還是可以當避難收容所使用。」林少恆恍然大悟。「只是這裡的物資也太多了，錢正隆夠用上一輩子。」

「不曉得是否只有讓曙光會的成員才能進來，還是一般大眾也行……」許惠晴心想這裡有這麼多的空間可以收容之用，當時大屯火山爆發時，如果知道此處有這麼豐富的物資和堅固的避難空間，她或許可以救更多的受傷民眾。但這也都是後話了，當時還完全不曉得錢正隆居然在此興建了一座這麼大的宅邸。

說不定，那時的曙光會早就開始撤離也有可能。

「聽過末日準備者嗎？這裡的物資簡直比他們還誇張。」林少恆一邊翻動著鐵架上的標籤，驚嘆說：「要當地底大賣場？」

「我知道那群人，國外有很多這種末日準備者。以前的人都當他們是一群焦慮的瘋子，但經過幾年的封城疫情，或許什麼都沒準備的都市居民才是最瘋的。」她聳聳肩。

林少恆曾見過她說的報導，美國有一群末日準備者，會在自家倉庫或地窖，準備大量的食物、飲水、發電機、還有通信設備，有的還會準備許多槍械自保，深怕末日來臨時，費心準備的生存物資被奪走。結果因為一場全世界流行的肺炎疫情，從傻瓜成了先知。

但錢正隆明顯不是一般的末日準備者。

他是末日製造者。林少恆心想。

更往下層走，他們看見曙光會在地底深處建造的人造植物工廠，隱約還可見到幾處的光照似乎沒有完全停擺，多數植物吸收營養液，卻缺乏持續照明，顯得軟軟爛爛的。

但曙光會的設施規模已經讓二人合不攏嘴，一路懷抱著震驚的心情不停跟著樓梯蜿蜒向下。

終於，他們來到最底層的空間，還在想最下層又有什麼奇怪誇張的設備，出乎意料地，只有一堆雜物，還有疊成小山般的紙箱，但面對如此雜亂的場地，反倒成為最好藏匿震波誘導設備的空間。

「看來就是這裡了。」林少恆四處觀察這個地下空間，雖然沒上面的避難空間那般巨大，但眼前的雜物不少，仔細翻找後，空紙箱居多，想必曙光會早就把可用的物資撤離到其他選定的避難點。

二人分頭花費了一點時間搜尋可疑的區塊，忽然聽見許惠晴的叫喊。

「這是什麼?」她語氣帶著難以置信的訝異。

「有新發現?」

林少恆朝聲音的方向移動，立刻明白她的驚訝原因。

在看似無用的雜物樓層，還有一座鐵製階梯朝下方延伸，而昏暗的階梯盡頭，有另一個不到三坪的小空間。

原來這裡還並不是最底層。

林少恆立刻走下狹窄階梯，發現旁邊牆面有一個橘色亮點正在閃爍，是電燈開關。由於一路都沒碰上其他人的身影，決定心一橫，先按下再說。

久未開燈，眼睛需要一點時間適應。

頭頂燈光並不強，但自然反應先朝地面看去，一瞬間便愣住了。

這是什麼地方?

原本該是地面的位置，被直線銀邊金屬條切割成格狀的型態，方正如棋盤，而且上頭還有線條構成的人形圖樣，神態非常傳神精美。

每個方格邊緣，還有一個類似金屬圓點的鑰匙孔。

「這是保險櫃?」許惠晴從階梯走下，難掩驚訝:「櫃子的數量好多!只是……放置在地面?」

林少恆聽她一說，瞬間明白這一格一格的方形地面，正是許多類似保險櫃的小門所構成。

重點是，有一個長形的物體遺落在樓梯邊。乍看之下，以為是一個金屬針筒，拾起一看，前端有著不同高低起伏的齒狀結構，而底部握把部分，還有一圈環形的轉盤，目前的刻度對應著一個英文名稱：God of Prophecy。

是「預言之神」的英文。

「我的媽啊！這是一座曙光會的地底保險庫。」眼前兩種線索加總起來，林少恆仔細檢視手裡的鑰匙，作出推論。

「這樣一說，這支特殊的鑰匙應該可以對應刻有阿波羅神像的保險櫃，我找找……」許惠晴一邊低頭尋找，很快便有了發現，「在這裡！跟樓上見到的彩繪玻璃幾乎一模一樣。」

她指著靠近正前方的牆邊地面其中一塊方格，一個刻有半裸俊美男子的畫像，她旁邊手持弓箭與七弦琴，典型的太陽神阿波羅神像，只是這裡是由線條組成。

臣服於預言之神的腳下，戰鼓往黑暗深處而去，曙光是唯一的救贖。

林少恆想起那段謎語，心跳忽然加速起來。

如果預言之神的保險櫃和鑰匙都在自己手中，對照眼前朝下方開的奇特保險櫃，完全可以理解第二段的謎語。

戰鼓，幾乎可以確定就是震波誘導設備。

啓動後，將朝地底深處誘導斷層的活動。

引發令人驚懼的巨大地震。

他抓著手裡像針筒的鑰匙，手心微微出汗。

朝刻有阿波羅神像的保險櫃走去，跪在地面小心觸碰櫃子的鑰匙孔。他此刻的動作，如同謎語第一段所說，臣服於預言之神的腳下。

雖然不知道是否能順利開啓，但不管了，先試試看再說。

正當他把鑰匙對準地面的孔洞時，林少恆發現自己的手指不知從何處沾上了淡淡的黏滑物。

「奇怪……這是？」

仔細看去，竟是自己因緊張而出汗，染濕了鑰匙尖端的齒狀部分。意外發現，鑰匙的齒狀邊緣竟然不是金屬，而是經由特殊設計的白色蠟質製成。

在這瞬間，林少恆忽然嚇出一身冷汗。

這是陷阱。

難怪如此重要的鑰匙居然隨手扔在保險櫃一旁。

「怎麼了？」許惠晴望著他停止的動作，十分不解。

「太大意了！它不能像我們認知的那種普通鑰匙，如果插錯孔，失敗卡住還可以拔出來重新找下一個保險箱試。如果我猜想得沒錯，只要試錯一次，這支鑰匙上面的齒形就會受損，或許就不能用了。」林少恆指著特殊設計的齒狀尖端，它設計得相當精妙，可以有足夠強度開啓櫃門，但又無法承受錯誤鎖孔的內部機構。

錢正隆設計儲物櫃時，還考量到電子密碼鎖有被盜取破解的風險，因此採用了最傳統的門鎖設計，但又加上足夠的巧思，若胡亂嘗試開門將自動毀去關鍵鑰匙。

原先他們還非常有信心，沒料到這個新發現，竟讓二人陷入膠著之中。

「如果預言之神所代表的不是阿波羅，那還有誰？」許惠晴指著這支特殊的鑰匙上頭的英文字God of Prophecy說道。

林少恆一時語塞，低頭看著地面數十個人像，下方還有刻上原文名稱。有幾個常見的希臘神話人像畫作，就算不是神話學者也很輕易辨認出，但令人頭痛的，還有更多自己認不得的人物，甚至連見都沒見過。

「雖說阿波羅的機率最大，但如果錢正隆都精心設計這樣的鑰匙了，恐怕事情沒有那麼簡單。」許惠晴說。

林少恆點頭，一方面又擔憂會不會自己想太多了，或許「預言之神」指的就是太陽神阿波羅？

如果不是阿波羅，還有誰更符合？

在這不算寬敞的隱蔽空間走了一圈，越琢磨越感到懷疑自己，這答案擺明就是阿波羅，難不成指的是錢正隆本人？可是這裡又沒有錢正隆的畫像。

等等，預言之神……錢正隆……

他不知怎地，腦海閃過不久前在上方建築頂層辦公室，桌面奇怪墨水印痕。那個年輕時預言準確、卻不被世人所信任的預言之神青澀時期。

即使是錢正隆，也有這樣一段歲月。

幾乎跟自己近幾年的遭遇一樣。

林少恆心中浮現一個人影。

我知道要找誰了！

他立刻在地面不停搜索，終於停在另一側牆邊角落，蹲了下來。

「你在做什麼？那個不是阿波羅啊！」許惠晴表情顯得有些擔憂。

「我了解錢正隆身爲預言家卻不被人信任的感受，就算他現在膨脹到想跟我爭知名預言家的頭銜，但那種感覺一輩子都忘不掉。」林少恆停頓一下，又補充：

「另外，如果他發明了里奧1號這種驚人的儀器，恐怕不會願意只以阿波羅自居，少說也是他爸宙斯吧。」

林少恆一邊解說，一邊把手裡那支特殊鑰匙對準牆邊地面的孔洞。

那不是阿波羅，更不是錢正隆的畫像。

方形的保險櫃門上畫了一名長髮女性。

鑰匙很順暢地沒入底層。

咔咔！兩道機械聲傳來，櫃門緩緩浮出一道縫隙。

「打開了！」二人驚呼。

保險櫃門一掀，下方是一條手臂深的方形儲物空間。

有個黑色的背包，靜靜地放在裡頭。

18.

卡珊德拉。

古希臘神話阿波羅神殿的祭司，特洛伊排行第三的公主，傳聞她生得非常美麗動人，吸引了太陽神阿波羅的目光，因而向卡珊德拉求歡，卻被對方拒絕。惱羞的阿波羅決定送卡珊德拉禮物作爲報復，一項絕對不會失誤的預言能力，卻無人相信她的預言。

這樣的能力讓卡珊德拉非常困擾，無論她提出任何警告，卻只能眼睜睜看著悲劇不斷上演，最後甚至警告不要讓希臘的木馬進到特洛伊，卻也沒有人聽信，最終導致亡國。

當年林少恆讀到有關卡珊德拉的故事時，只覺得阿波羅眞的是個混蛋。不會失誤的預言，卻無人肯相信，對於一名祭司或預言家來說，簡直是無間地獄。

卻沒想到未來某一天，這段記憶居然會派上用場。

他看著名爲卡珊德拉的保險櫃，趴倒在地，將那個黑色背包從坑洞裡拿出。份量有點沉，明顯能感覺包內裝有一個堅硬的物體。

然後小心地平放到地面，深怕誤觸了什麼開關。

林少恆和許惠晴交換了一下眼神，決定不耽擱時間，拉開背包拉鍊，伸手就把內部的物體拿出。

「林少恆！」許惠晴眼睛瞪大看著那個東西，緊張地說：「小心一點！」

他手裡捧著一個鐵灰色的六面體金屬盒，底部有著打磨細緻帶有孔洞的銀色金屬探頭，乍看像是一種放大版的播放器，而朝上的那面有一塊黑白單色顯示螢幕，幾個數字以分秒爲單位正在倒數。

剩下不到一小時，數字即將歸零。

難以想像如果剛才沒有順利打開保險櫃，會是什麼情況。

此時，已過午夜許久，換算一下時間，震波誘導設備會在凌晨五點左右啓動。在大多數人都還沉睡，天色灰暗難明的時刻，即將引發巨大的人造地震。

林少恆緊皺著眉，他不解錢正隆爲何要如此惡劣，幹下這麼嚴重的災難罪行？如果眞的讓設備啓動，會有無數人因此傷亡，雖然他的名望和曙光會因此得到巨大的獲利。

以無辜的人命作爲代價，這一切眞的值得？

「現在怎麼辦？」許惠晴說：「這不是碰運氣就能解決的問題，還是要問問看教授？」

「王向智？」林少恆立刻說：「也是，如果不小心碰到了什麼按鈕，恐怕更嚴重！」

林少恆拿起手機，很訝異這裡位於地底卻還有些微薄弱訊號，立刻撥了王向智的手機，但這在半夜時間撥打電話，完全不曉得會不會得到回應。

手機停頓了幾秒，訊號總算接上。

「……喂？」電話鈴聲還沒響到第三聲，王向智的聲音立刻從手機裡傳來：「你們有新發現嗎？」

看來教授在得知林少恆主動上媒體後，也不可能睡了，整夜都在等待林少恆最新的消息。

「王教授，碰上麻煩了。」林少恆趕緊說：「找到你說的震波誘導設備，但我們不知道怎麼關掉它。」

林少恆很快地把眼前的震波誘導設備用手機拍攝下來，傳給對方。

由於訊號薄弱，花費了好一陣子才傳成功數張而已。

「我還需要其他角度的照片，一起傳過來！」電話沒有掛斷，但可以聽見王向智非常急促地連點滑鼠和鍵盤，又是一陣難熬的沉默。

過了大約三分鐘，彷彿像好幾個小時般漫長。

「很抱歉，剛才嘗試了好幾次，我的里奧1號後台權限依然被關閉，不能從遠端控制。」王向智停頓了一下，嘆氣說：「這個設備與我先前見過的裝置原理完全不同，我猜想它似乎沒有連網功能，簡直是用數十年前的老舊機械改造，單純用手動啓動的；而且時間太短，就算你現在趕回我這裡，也需要時間研究它，根本來不及。」

「那我們該怎麼辦？」許惠晴靈機一動：「還是我們把它帶出去，遠離斷層附近。」

「這是個好方法，可是你們能去哪？」王向智艱難地說：「我無法得知這設備的影響範圍有多廣，我更擔心如果任意移動，啓動後萬一引起其他北部斷層……」

手機突然斷訊沒有回應，林少恆一看，幾乎沒有訊號，立刻回撥四處走動，依然沒有得到回覆，就連許惠晴的手機也訊號不佳。

「怎麼突然在這個時候……」

「現在只能靠自己了。」林少恆把手機收回。

「你覺得我們真的能關掉這個震波誘導設備嗎？」許惠晴問。

「我們應該沒有『不能』的選項吧？」

「也是。」許惠晴面臨緊急情況比林少恆豐富，雖然剛才有些慌亂，很快就穩定下來。「按照教授剛剛說的，這個設備不能隨意挪動，否則引發其他斷層活動恐怕更危險。再來，這是一個老舊機械原型改裝的新穎科技，無法連網，因此也不能遠端遙控關閉，依照這邏輯，很符合你剛才鑰匙和保險箱的傳統風格。看來真的是錢正隆做的好事。」

許惠晴條理清晰地彙整剛才她在旁聽見的所有資訊。

林少恆忍不住點頭。

問題一下子釐清，只是該怎麼解決？

許惠晴動手翻找那個黑色的背包，發現裡頭除了震波誘導設備外，就連其他夾層都沒有任何線索或工具遺留，讓她有些失望。

這時，她看見林少恆已經對著這個金屬盒展開動作，急忙問道：「你在做什麼？」

「老機器，就該用老方法搞定。」林少恆手裡握著那個刻有God of Prophecy的針筒狀鑰匙，用尖銳的部位對準震波誘導設備的一條細小螺絲旋轉，很快就被他轉下一個，施力巧妙，鑰匙前端沒有什麼損傷。

許惠晴靜靜地看著，一連轉下八個細螺絲，瞬間就把金屬盒一側的外殼拆卸下，露出內部電子零組件。

這種拆卸組裝的動作林少恆從小就幹過許多次，以前學生時也曾和張誠撿過資源回收不要的家電回家，稍微修整就可以使用，省了不少開銷。記得那段時期雖然沒什麼錢，但過得挺快樂的。

要是張誠和吳文心現在能出現在這裡就好了……他們一定能幫忙想出更有創意的方法。

林少恆甩甩頭，拋開不切實際的想法。現在能解決問題的，只有在場的許惠晴和自己。

他把拆下的外殼放到一邊，用光線照射金屬盒內部，一塊帶有晶片的綠色印刷電路板，還有數條不知名的電線，纏繞著像變壓器的玩意，許多電線更通往底部的一大塊錐形設備。

林少恆猜想，最下方的錐形物應該就是震波誘導設備的關鍵，撥開礙眼的電線後，又往錐形設備下手研究。那是一圈又一圈的圓形環狀體組合而成，甚至發現其中有幾個環是帶有磁性的物體，以及有些類似金屬振膜的構件。

內部的零組件異常地簡單，但卻能引起巨大的震波活動。這讓林少恆驚嘆連連，差點忘了目的。

「我得提醒你一下。」許惠晴湊到他身旁說：「時間不多了，你得快點。」

「好吧，但我想說，這設備真的太神奇了。」林少恆指著金屬盒激動說：「明明一點都不繁複，我幾乎能看懂這裡頭的設計，根本就像我以前修理那些壞掉的喇叭一樣……」

他話剛脫口，自己卻先愣住了。

「怎麼了？」

「如果是跟喇叭一樣，」他恍然大悟說：「那我很容易就能解除這個震波誘導設備！」

林少恆喃喃自語，不敢相信過往年輕時修理電器的經驗，居然能派上用場，但真的有這麼容易嗎？

立刻趴到金屬盒前，手裡小心翼翼地撥開電線，大致弄清所有的電線迴路，終於見到金屬盒有個隱蔽的夾層，發現類似電池的電源供應裝置。他小心地解開連接電源的線路，在分開電源的那一刻，他差點忘了呼吸。

震波誘導設備金屬盒上的顯示螢幕，倒數中的數字瞬間消失。

成功了？

再度檢查了所有連線的線路，確保設備不可能再度運作。

林少恆因緊張而繃緊的肩膀鬆懈下來。

「這絕對是我修理過最驚險的家電。」他露出笑容。

直覺告訴他，這個震波誘導設備已經完全關閉，死透了，不可能再次啓動運轉。爲求保險，還把其中幾條電線也拆卸下，確保沒有線路默默運作。

可是，眞的有這麼順利嗎？這一路碰上許多超過預期的事件，老實說運氣成分不少，順利走到這裡已經是非常好運。看著手邊的設備，他可以確定這玩意不可能再度重新啓動，可是心底卻有些微微的異樣感，自己也說不上來。

「接下來該怎麼辦？」許惠晴說：「這個東西不能扔在這裡，太危險了。」

「把它帶走吧。我在想王教授應該有辦法處理這儀器，而且我覺得這個震波誘導設備的內部構件設計得異常簡單，如果能從中研究獲取些不爲人知的技術，對大家都有好處，就當曙光會給我們的禮物好了。」

林少恆和許惠晴趕忙把散亂在地的零件全都塞進了背包，就連那個針筒狀的奇特鑰匙，也被林少恆塞進自己口袋。

反正錢正隆根本打算把這棟莊園豪宅給毀了，拿走別人不要的東西也沒關係。

二人沿著原路返回，就當他們從一樓的狹窄車道離開時，遠方天空已經出現淡淡的藍色。

算算時間，已經超過清晨五點。

原先震波誘導設備預定啓動的時間點。

經過前晚連續的奔波，還上媒體主動宣告自己會阻止這場大地震的發生。林少恆終於完成對外的承諾，此刻才意識到，如果剛才晚了一時片刻，巨震發生，那麼自己的名聲將隨著這裡見到的一切，化爲廢墟。

不管怎麼想，都讓人感到有點後怕。

林少恆揹著裝有震波誘導設備的後背包，和許惠晴走出錢正隆的莊園大門。

手機的訊號已經恢復正常。

他立即撥打電話給王教授，從電話另一頭，王向智彷彿接到失聯的孩子終於回撥電話的雀躍。但聽見林少恆把震波誘導設備也帶出來時，起先非常驚訝擔憂，直到林少恆說明是如何拆除設備的電線迴路後，總算放下心來，但還是要他們盡快把設備帶回王向智的居所，仔細檢查，避免還有沒發現的設備夾藏其中。

通話結束後，林少恆想起還有個人忘了聯繫，立刻又按下通話鍵。

「一切都還好吧？」孫人澤的聲音傳來，看來她也是整夜沒睡。

「結束了，雖然有些驚險，但還是感謝妳幫忙。」林少恆繼續解釋：「我們發現在錢正隆的私人住宅地下室，眞的藏有一台設備，但已經把它拆除了，目前被我帶在身上。」

「驚險？」孫人澤察覺話中的異常，立刻追問：「這是什麼意思？」

「那是一台能引發斷層活動的設備，雖然我搞不懂它是如何運作，但按照上面預設的啓動時間，是今天的清晨五點。」

「五點！」孫人澤語氣上揚，然後沉默了三秒，立刻說：「把你現在的位置傳給我，我派人去接你。」

「那太好了，我還在擔心是不是要走到山下才叫得到車。啊對了，可是我跟王教授說好，要先把設備帶去給他——」

「我會要他來找我，不用擔心。」孫人澤很快結束通話。

林少恆雖感謝孫人澤的協助，但想到王向智最後要去面對孫人澤要設備研究，就替他感到有些頭疼。

他們決定先沿著狹窄的林間道路離開，由於剛解決完一件壓在身上的重擔，氣氛頓時輕鬆起來。

二人胡亂閒聊，林少恆已經不記得上次和年紀相仿的女性這樣散步是什麼時候了，這幾年一直忙於工作，最常接觸的異性只有樓下酒店的純姊和員工，就沒再刻意認識他人。

他挺欣賞許惠晴的勇氣，但也不曉得是不是好感，只覺得她有種讓自己感到放鬆熟悉的感覺。

一邊走著，林少恆手裡拿著打開卡珊德拉保險櫃的鑰匙，幸好他順利破解預言之神的謎語，否則就連這支鑰匙也會當場毀去。它做工精細，簡直就像一件精美的工藝品，他心中暗自決定要帶回去收藏，希望到時孫人澤別跟自己搶。

凝視著鑰匙針筒狀的奇特外型，讓他想起深埋在心中多年的祕密。

「你在想什麼？」許惠晴觀察敏銳，在旁輕聲問。

「上次，我拿這東西做了一件我至今不曉得是不是對的事。」林少恆看著手裡那支鑰匙，彷彿它是眞的針筒，「不過至少今天，我用它做了一件很棒的事，讓大家免於受災威脅，說不定，能抵過當年的過錯。」

「你以前做了什麼？」許惠晴急忙改口：「噢，我不是故意的，如果你不想說沒關係……」

「不要緊。」林少恆搖頭輕笑：「以前我總愛說謊騙人，即使是最親近的朋友也是。他們似乎也都習慣了，沒想到在一次颱風天，就算他們知道我在騙他們，依然跟在後面來協助我，卻都死在了山上的療養院裡。」

「就是你事務所那幾個夥伴對吧？」許惠晴連結得很快。

「沒錯，他們都是我高中時的朋友，張誠、吳文心，還有另一個，應該也算……老友了，我都叫他瘋狗。」

「原來如此。」許惠晴忽然想起什麼：「可是這跟像針筒的鑰匙有什麼關係？」

「嗯……我從沒跟任何人提過，但妳既然都問了……」林少恆遲疑了一下：「同一天，我還殺了人，一個無辜住在療養院的老先生。」

許惠晴表情一愣，她沒想到會是這樣，眼前的林少恆看來隨和好親近，居然有這種隱藏的祕密！

「是意外嗎？」許惠晴雖然驚訝，但語氣沒有責備的意思。「他跟你有任何衝突嗎？」

「沒有。」林少恆搖搖頭：「相反的，我當天進去療養院，就是爲了找那位爺爺。但當時的風雨已經太大，而且我已經失去那幾個好朋友，我以爲能靠自己救出他，沒想到當時的情況太惡劣，就連自己都差點死在裡頭。」

林少恆停頓了一下，繼續說：「那時，爺爺的病床邊有支裝有強效止痛劑的針筒，記得叫吩坦尼。我在猜應該是當時院方的人員準備的，但那個劑量實在太多，我有點懷疑是有人要謀殺爺爺。到了水淹進來的時候，爺爺居然醒來，他的狀態非常虛弱，卻依然要求我幫他注射。」

「所以……」許惠晴問：「後來你眞的照做了嗎？」

此時他們已經徒步穿出林間道路，停在一個岔路口，決定先在這裡止步。

林少恆點點頭。

「當時眞的沒想到，我可以活著從土石流堆裡走出來。」林少恆說：「那個時候，以爲我們都會死在山裡，我只是想讓石爺爺別在生命盡頭，走得這麼驚恐。」

林少恆從來沒想過，自己居然會跟許惠晴吐露這段埋在心裡的祕密，就連事務所那三個鬼魂，也沒對他們說過。

許惠晴聽見這段話，微微一愣，忽然從身上掏出手機，點開螢幕滑動了幾下，叫出一張合照。

照片裡是一位稚嫩的青少女，馬尾上有一個藍色波斯菊形狀的髮圈，而旁邊是一個正在雕刻石塊、笑得很開心的老人家。

「你說的爺爺，就是他對嗎？」

「這是……」林少恆盯著舊照，全身僵硬。

然後凝視著許惠晴，他忽然明白，剛才自己幹了一件非常愚蠢的事。

「居然是這樣……我爺爺最後竟然是這樣走的……」

許惠晴語氣不安，呼吸加重，明顯情緒受到不小的影響。

林少恆難以置信，他認得照片裡的老人家是剛才提到的石爺爺。而照片一旁綁著馬尾的女孩，雖然輪廓與他記憶中有些差異，但對照此刻站在面前的許惠晴，林少恆盯著她久久說不出話來。

許惠晴……是小藍？

那位多年前，自己曾偷偷注意，不忍在颱風夜見她苦惱面容的少女。從一位害羞不知所措的少女，變成眼前曾在大屯火山爆發、救過他一命的緊急救護員？

「這……」林少恆感覺有話卡在喉嚨：「妳早就知道了……？」

許惠晴搖頭。

抿著嘴，似乎也對今日的總總變化感到意外。

她需要點時間消化所得到的新資訊。

一直以來，許惠晴不停爲當年的自己無能爲力感到懊悔。後來她改頭換面從軍，以及擔任救護員，似乎都在彌補當年無法親自去救人的遺憾。

「對不起……我不知道妳就是小藍……對不起。」林少恆急忙轉向她，不停道歉。

「小藍？」

「啊，這……」這個綽號是林少恆自己擅自替她取的，沒想太多就脫口而出。

「妳以前小時候戴的髮圈，藍色的。」

「謝謝。」許惠晴忽然道謝。「我不知道爺爺當年走的時候，原來還有這段故事。」

「難道妳不怪我？」林少恆驚訝問。

「我不知道，可能是時間真的過太久了。加上今天真的發生太多事了，我也不知道該怎麼反應才對吧。」

許惠晴給林少恆一個淺淺的微笑。

她的情緒似乎稍微平復，但笑容卻帶點複雜的情緒。

原本還沉浸在解除震波誘導設備喜悅的二人，沒想到氣氛可以下降得如此快速。林少恆察覺自己搞砸了，想說些什麼彌補，但許惠晴強作鎮定，以及臉上的細微表情，笑容友善，但視線卻不再交流，彷彿中間多了一道隔絕兩人的空氣牆。

懊惱的林少恆，他覺得自己陷入另一個更不擅面對的問題。

這時，一台警車閃爍著燈光，從遠處快速開來，發現站在路邊等候的二人，立刻停在他們旁邊。

開車的駕駛，正是幾個小時前，曾有過短暫接觸的路口管制站員警。

「終於找到你們了，長官要我盡快帶你們兩人離開。」

19.

平日正午，台北市林森北路附近的巷弄，擠滿了外出覓食的上班族。多數人討論的話題，已從一個多月前的火山爆發，再到台北市即將發生的巨大地震，直到近幾天，又回到五花八門的生活議題。

過去令人膽顫害怕，每日追天災新聞消息的日子，似乎早已被最新的八卦新聞給掩蓋，彷彿之前的災難是給整日忙碌的都市人一場惡趣味的玩笑。

此時位於條通的預言事務所，三名年輕亮麗的女子正七嘴八舌地從樓梯走下，討論剛才那位目前最受矚目的年輕算命師給出的指引。

林少恆送走三名客人，整個人累倒趴在桌上，他需要安靜一下，剛才被連珠炮似的問題不停轟炸，覺得腦袋瓜有點過熱，雖然賺了一筆不少的收入，辛苦總算也有了回報。點開手機的預約清單，還有一個小時的空檔時間，正猶豫是要去外頭買午餐吃，還是乾脆趴在桌上睡覺。

大約兩週前，林少恆和許惠晴取回震波誘導設備，天色還微微亮，直接被警車載往行政院，孫人澤親自出來接待他們。雖說是接待，但感覺跟偵訊問話差不了太多，把如何發現震波誘導設備等等過程細節都給交代清楚時，就已經接近當日中午了。離開前，還要二人保證不能對外透露相關內容，畢竟曙光會是否眞的爲密謀製造地震的犯案組織，這點還需要更多的證據。

但至少經過多日以後，台北市依然完好，除了幾個零星的餘震之外，就沒有更大規模的地震發生。

而那支預言之神的鑰匙，被林少恆隱瞞收好，此刻擺在書架上當紀念。

雖然危機暫解，但那天晚上，他在媒體記者前對外放話說要阻止地震發生的消息，早已透過媒體平台傳遍各地，隨著地震預期發生的期限一過，前來尋找他算命的顧客幾乎瞬間暴增。

就連樓下的純姊都開玩笑，說店裡反正都要重新整修了，要他把事務所擴大營業搬到樓下，當他的事務所助理也好，自己也樂得清閒，但立刻被林少恆回絕，堅持要替她出錢重新整修酒店內部毀壞的部分。

林少恆趴在桌前，依舊還沒決定是否要起身去吃午餐，只是不停滑著手機。

他在等待。

那天從行政院被問完話分別後，就沒有許惠晴的消息。

他完全不曉得，當年替石爺爺注射藥劑的祕密，居然會被當時的小藍，也就是石爺爺的孫女許惠晴發現。

但如果他事先知道許惠晴的身分，自己還會吐實嗎？

林少恆沒有答案。或許，多年後讓對方知道實情，是最好的結果。

只是他還是挺後悔以這種方式告訴許惠晴的。

尤其她根本沒打算與自己聯繫，這種感覺眞是糟透了。

「你眞的是很矛盾的人。」鬼魂張誠在旁幽幽地說。

「啊？」林少恆思緒被打斷，以為他的想法被看穿，臉微微漲紅：「這麼明顯？」

「之前還在煩惱事務所生意不好，結果拿到里奧1號之後，搞了這麼轟轟烈烈的直播，還上電視跟曙光會嗆聲；現在紅了，還是這樣要死不活的！我眞搞不懂阿恆你是想紅還是不想紅？」

林少恆這才搞懂，原來張誠是指自己替三名顧客算命後，貪懶在位子上的模樣。

「他腦袋不太好。」瘋狗沒好氣地抬了一下眼皮：「做事情只憑一股衝動，完全沒在動腦。」

「你有資格說人家？也不想想你當年颱風天幹了什麼事？」吳文心立刻幫腔出聲。「還有，你當時綁架我威脅阿恆的帳，我都還沒跟你算清。」

瘋狗被吳文心一罵，居然無法回嘴，自討沒趣又轉頭回沙發。

在場誰都清楚，吳文心過去偷偷喜歡著林少恆，因此吳文心自認只有自己能罵他，誰要欺負林少恆就是故意找她麻煩。

「好啦。」林少恆趕忙說：「我只是休息一下，犯不著這麼生氣。說實話，我真的沒想到媒體的力量這麼大，要紅也只是一瞬間的事，你看我的預約都排到半年後了，神奇吧！」

「這不就代表我們要忙的事情也變多了？」張誠抱怨道。

「不然這樣，我幫你們多訂幾個串流平台，還有多買幾本你喜歡的漫畫，啊，還有公仔，你自己挑幾隻，我幫你買回來。」要不是鬼魂們無法吃東西，林少恆還想買幾樣好吃的犒賞一下這幾位好夥伴。

「這樣可以。」張誠滿足地點點頭。

隨著新聞話題減退，即使地震未如錢正隆預言般的發生，曙光會的聲望也並不如預期地衰弱，頂多被許多無關緊要的網友們消遣一番。對於原先就很信任錢正隆的民眾來說，這場地震只是遲到，並不是就此消失。

因此在網上甚至還有人繼續鼓吹盡快前往曙光會建立的避難社區，以免再次錯過逃難的好機會。

由於孫人澤與警方尚未對外公開那個震波誘導設備的消息，就連王向智也被孫人澤下了更嚴格的封口令，想必外界根本無從得知當天晚上發生的驚險。要是震波誘導設備如期啓動，不知會發生何種慘烈情況？

聽說，錢正隆依然在外繼續活躍，還有許多研討會及防災會議頻頻邀約，要他以未來學家的立場，進行講解他所見到的未來災難，進而讓學界有所警惕和防範。

整體來說，社會經歷一個多月的騷動下來，僅稍稍減弱錢正隆的威信。

然後造就了另一個火紅年輕預言家的誕生。

其他一切如常。

林少恆覺得這一切挺荒謬的。

隨手弄了泡麵放在桌上，等待的時間裡，他覺得這兩週的平靜時光，有種不太眞實的異樣感受。

原因在於——

只要是他見到的未來災禍預知畫面，基本上都會發生。

林少恆思索著自己頻死涉險見到的建物崩塌，大量人員死傷，這些令人感到恐懼的預知畫面是如此眞實。雖說最後是靠自己與許惠晴親手阻止，但這也是他第一次動手介入未來的災禍。過去曾見過的所有預知災難，因爲基本上都會發生，所以通常在告知顧客未來可能遇見的災禍後，顧客大都會採取應對方案來避免，但命運通常不會輕易地放過他們，只是以不同的形式再次呈現。端看每個人在碰上災禍後，應對的方式是否得宜。

但這次，完全沒有發生類似的強震。

就連稱得上有感的致災地震都沒有。

林少恆開始懷疑自己，到底是哪個地方出了問題？

除此之外，還有一件事也卡在自己心頭。但爲了好過一些，拼命說服自己只是僥倖逃過一劫。

那就是他先前在里奧1號，胡亂輸入的「台灣沉沒」。

林少恆心想，如果錢正隆規劃的巨震，會使台北許多區域下陷沉沒，那麼此刻震波誘導設備被取走後，這場台灣沉沒的天災是否也會跟著消失？

還是有著其他隱藏未知的可能？

林少恆想著想著，一時忘了時間，才發覺眼前的泡麵浸泡過久，急忙掀蓋，卻不愼被燙了一下，動作過大，引起桌面挪動。

桌上養有金魚的透明玻璃水缸，劇烈地晃動，濺出水花，不停來回拍打著魚缸裡的迷你礁石造景。

水裡的金魚驚慌地不停四處游竄。

林少恆急忙拿起桌面的黑色絨布擦拭，動作到一半停了下來。

他盯著不停擺盪的水面，腦中卻浮現台灣沉沒的畫面。

驚覺自己似乎忽略了一件非常重要的關鍵。

「我的媽啊……」林少恆突然冒出一個驚恐的念頭，急忙點開手機搜尋近期曾見過的一則新聞。之前爲了尋找許惠晴的近況，曾見到有媒體刊載她在火山爆發時，獨自救護許多傷患的英勇事蹟，甚至受邀到近期舉辦的一場防災研討會進行參訪。

這場研討會據報導籌備了大半年，邀請了來自各國的知名專家學者，針對時下異常的天候與不停破紀錄的高溫進行討論。但由於台灣出現火山爆發，幸好受災範圍有限，在議題正熱的情況下，臨時又增加相關的災害防治議題，吸引了更多不同媒體的關注。

「怎麼了？」張誠關心問：「臉色這麼難看。」

「『台灣沉沒』不是只有靠震波誘導設備引發巨震一種可能。」林少恆壓著額頭繼續說：「還有海平面上升。」

不是所有炸彈，爆炸時都有帶有煙塵和血腥。

梟凱一邊祕密安置所有導師交辦的特殊物件，想起不久前導師曾交代他放置黑色背包到宅邸地下室那個卡珊德拉保險櫃的記憶。

而此時最新交辦給他的任務也已完成大半，經過來回的搬運與躲避展場巡視的警衛，不是一件容易的任務。但儘管如此，這份工作也只有自己能完成得如此完美。

梟凱輕輕擦拭額頭浮現的微微汗水，在身後背包裡，還有一個爆炸能力驚人的玩意，殺傷力比他預期的還大。雖然不明白導師委託他進行這個任務的目的，但只要是導師交辦的，他一定會設法完成。

「不是所有炸彈，爆炸時都有帶有煙塵和血腥……」梟凱一邊從大量西裝筆挺的專業人士之間走過，小心避開人群碰撞到背包，一邊喃喃笑道：「但這次眞的不一樣。」

20.

台北，市政府捷運站。

一出站口，就可見到百貨商圈的電子布告宣傳，顯示著目前徒步可達的五星級飯店正在舉辦「氣候變遷與災害防救研討會」。

由於今年氣候特別異常，這項議題十分受到外界關注，且今年聯合國政府間氣候變遷專門委員會（IPCC）公布了一份氣候科學報告，指出人類活動所排放的溫室氣體使得全球暖化加劇，非常有可能在二〇三〇年至二〇三五年間突破攝氏1.5度的控溫目標。

對於一般人來說，全球平均升溫攝氏1.5度似乎不太有感，但已足夠造成極端高溫的現象，令人難受的熱浪發生機率將比過往增加數倍之多。而依各國政策與實際差距，若未加強管控，按此目前人類排放的速度，到本世紀末升溫幅度恐將來到攝氏3度以上。

極端高溫引起各種災情與包括人類在內的生物極度不適，帶來的高溫除了使地球冰原與冰蓋融化，海平面上升的速度也在增加中。

根據綠色和平發布的研究報導，全球海平面正以1.9毫米的速度上升中，且由於赤道海水往西累積到西太平洋，台灣的位置深受洋流影響，周邊海平面上升速度更是全球平均的兩倍。

若在持續不作爲減碳的情況下，台灣有許多人口稠密的沿海地帶，將暴露在淹沒於海水的風險之中。

林少恆乘車趕來的路途上，一連取消了好幾組下午的事務所客人預約，並先查詢了相關報導研讀。最令他不安的，是當他得知這場爲期數天的國際研討會，居然聚集了曙光會錢正隆、國家特殊災害防救辦公室主任孫人澤、緊急救護員許惠晴，以及地震專家王向智等人，雖然不是在同場會議出席，但已足夠讓林少恆頭皮發麻。

他腦中閃過那個建物崩塌的預知畫面。

撥了數通電話給許惠晴，但都無人回應。

立刻上網搜尋了研討會議程，發現今天下午，正好舉辦有關防災的系列活動。火山爆發的事件才剛落幕，因此這項議題，熱度更勝那些讓人感覺不到迫切的暖化危機。

林少恆跟著出站的指標移動，很快來到鄰近的一家五星級飯店。氣派大門外插了好多展會宣傳旗幟，裡頭數個樓層正在進行一系列研討會活動。此時，有許多黑頭高級轎車不停進出，林少恆原以爲這場研討會應該是以專家學者爲主，卻見到數名電視上常見到的知名企業家。

手扶梯旁有一個接待櫃檯，往上走，似乎就是活動會場。

要進入的民眾必須拿藍色識別證，讓手扶梯旁的工作人員掃過條碼後才可入場。

此刻匆忙趕來，林少恆站在接待櫃檯前，才意識到自己根本沒有入場資格。

他急得腦袋亂轉，正猶疑是該從飯店哪個後門或門禁不嚴的入口混進。忽然，他見到一個眼熟的男人從二樓展場會場走過，卻令他感到更爲不安。

是那個刑警羅駿。

他在這裡幹什麼？

自從上次在日式酒店那場混戰後，就沒再見過對方。而此刻他穿著正式的襯衫，沒有穿制服，完全不像一名警察。更精確的說，他的舉止讓人感覺不到是一名正常警察該有的模樣。

他似乎緊盯著某個人不放，但神情更像一名竊賊，不時注意身旁有無旁人在看他。

林少恆雖然沒當過警察，但見他這種舉動，立刻察覺對方不是在辦案，而是另有目的。

里奧1號。

林少恆心裡浮現這個名字。

自從羅駿露出他對里奧1號的渴望後，他才明白當初第一次在事務所見到羅駿那種沉默嚴肅的認眞警察模樣，根本都是裝出來的。此時，他的神情讓人聯想到電影《魔戒》裡，被竊走魔戒的咕嚕。

雖說那場混戰最後是由另一名叫梟凱的男子替林少恆等人解圍，但這只讓謎團更加複雜。他始終搞不懂這兩人到底是何種關係。

羅駿很快消失在二樓的角落。

這下換林少恆著急了，自己還沒解決如何進入會場的困境。

這時一名年輕的小姐，坐在研討會一樓櫃檯前，眼珠直盯著林少恆不放。

「你是……那個預言家！」那名年輕小姐驚呼，指著站立在手扶梯前的林少恆，悄聲說：「你也是來聽演講嗎？」

年輕櫃檯小姐很興奮地翻找桌面那本名冊，卻一直找不到林少恆的識別證編號，頻頻道歉。

「啊，妳不用找了……」林少恆才想吐實自己根本沒有入場資格時，突然靈機一動，換了個語氣繼續說：「抱歉，上面沒有我的資料，我是人家邀請來的。」

「那請問邀請的對象是……？」

「孫人澤主任。」

林少恆面不改色地說出最不會引人懷疑的名字。

其實林少恆不是沒想過打給孫人澤，依她的權限應該很快就能放行，但今日他趕來現場的目的是想搞清楚那天他見到的預知災禍畫面，他希望越少人知道自己的行蹤越好。

「原來如此。」櫃檯小姐思索了一下，立刻現場製作一張識別證，上面沒有照片，僅有林少恆的名字，遞給他時偷偷說：「我其實是你的粉絲，直播我都有看。當初我還以為活動有邀曙光會的錢正隆時，一定也會邀請你，結果卻沒見到，讓我有點驚訝。有來眞是太好了，等有空時可以跟你合照嗎？」

「那當然。」林少恆親切地接過屬於他的識別證。

林少恆一瞬間覺得，自己如果不是選擇當個算命師，當年如果走偏，一定是個壞透的詐騙集團份子。

展場的範圍比林少恆預期的還大。

拿著櫃檯發送的活動議程，今日研討會有幾個主要重點——

火山地震監測與防災救難實務分享

出席的來賓包括孫人澤主任、火山地震專家王向智，以及當日涉險救人的許惠晴。

由於火山議題正熱，舉辦這場研討會的大會議區，擠滿了許多攝影記者和群眾，他們皆想了解未來火山是否會有更進一步的活動，以及親眼看看從爆發當下涉險救人的女性救護員，人們都想一睹她的英姿。

但林少恆此時並沒有跟著人群移動，他想先找出羅駿的下落。

這傢伙出現在這裡，讓他感覺到全身不太舒服，而且錢正隆並沒有參與這場火山議題的分享。

依照議程，同一時間，他正在會場另一端的中型會議室——

高碳排企業與綠色經濟的永續未來

這是一場僅開放給特定人士的專家閉門會議。

錢正隆以未來學家的角度，分析他所能預見的未來經濟前景。

由於他過去積極參與工商業界的活動，總能給出前瞻性的見解，就算他帶有玄學的預言家色彩，也十分受到業界歡迎。

林少恆一下子就理解爲何自己沒有受邀了。

他與錢正隆關係衝突，加上錢正隆所在的會議與會人員，皆是工商界的大老，想必贊助了不少這場要價不斐的研討會活動。此外政府官員孫人澤也並不希望透露太多向算命師求助預知災禍的過去，站在政府立場，這的確會讓孫人澤爲難。

兩邊皆不討好的情況下，當然未受邀，但林少恆並不以爲意。

他刻意遠離群眾，不停觀察著往來人群面孔，終於讓他發現有個男人鬼祟地站在那場綠色經濟的中型會議室旁，似乎正在尋找會議休息的空檔進入。

林少恆很快認出那人正是羅駿。

他不知道對方是用哪種資格身分進入這場活動，但遠處就可發現他脖子上一樣有著藍色的識別證吊繩，應是以正規方式參與。

此時羅駿已經穿上了西裝外套，手拿公事包，看起來就像是個專業人士，只是林少恆仔細觀察這名詭異刑警的行走姿勢和外套的擺盪，心底一沉。

「這傢伙居然參展還帶槍，不知道在想什麼。」林少恆眼睛直盯著他腰間的不自然突起，就算羅駿刻意隱藏，但只要稍加留意，還是能發覺異樣。

但更讓林少恆在意的，是對方手上那個公事包。

那裡頭裝了什麼？

炸彈？

槍械？

還是更具威脅性的生物製劑？

林少恆心中閃過無數種念頭，他知道羅駿的目標一定與錢正隆脫不了關係。他推測，這傢伙應該是弄丟了里奧1號，八成又被那個叫梟凱的曙光會成員搶了回去。

而他混入展場，是爲了拿回里奧1號？還是找錢正隆另有目的？

一旦曾接觸過這台儀器的威力，即使是與預言無關的外行人，也想將這台里奧1號佔爲己有。

林少恆並不覺得羅駿的行爲反常，自己當時也何嘗不是如此？

反正他早已和羅駿槓上，但一打一不見得有把握能快速取勝，不如找個無人的時機，先從後方悄悄制伏羅駿，然後要脅對方到底想幹什麼再說。

就在他準備跨出展場牆角那一步，會議室門突然開啓。

有個高瘦的西裝男子從會議室走出。

那老鷹般的眼神，林少恆不可能忘記。

他是梟凱。

那個聽命於錢正隆，把震波誘導設備放進卡珊德拉保險櫃的曙光會成員。

但更令人訝異的是，曾有過衝突的二人，忽然出現簡短的交談。

羅駿主動把手上的公事包交給梟凱，接著羅駿進入會議室。

而手拿公事包的梟凱，沒有跟著返回會議內，居然朝著林少恆的方向走來！看他的方向，是朝正在舉行火山地震的熱門議題大會議室前進。

林少恆站立在牆邊，這個突然的變化讓他冒出冷汗。

我只有一個人，只能選一邊走。

現在該怎麼辦？

21.

今年在台北舉辦的氣候變遷與災害防救研討會，除了火山爆發等防災議題備受關注，還有另一個來自美國的與會學者，克萊頓教授，他的蒞臨雖沒有引起民眾的注意，卻讓許多工商業界的老闆議論紛紛。

他除了是世界知名的暖化氣體專家外，更是運營一間先進的碳捕捉與封存技術公司。過去因爲企業進行碳捕捉的每噸成本高昂，乾脆都不自己設置設備，情願繳費給政府。另外台灣地狹人稠，土地面積不足，因此在此限制下更無法將規模場域擴大。而克萊頓教授新開發的技術，更直接解決了效率與商業化不足的缺點。近期在西方國家更有許多企業開始試驗他的獨家專利技術，據說成效良好。這次研討會也在各家企業領導人的要求下，特地邀請對方來進行解說。

環保議題關乎地球上每個人，但唯有合乎成本與經濟效益，才能落實。

任何事情都有價碼，即使看似迫切的議題也不例外。林少恆心想。

從議程來看，那名美國教授就在那場高碳排企業與綠色經濟的永續未來，正是羅駿進入的那間會議室，而同時錢正隆也正在閉門會議中。

難怪林少恆先前會在飯店門口見到這麼多知名的企業家前來參與。

但此刻的林少恆，心思已從錢正隆他們持有的里奧1號移開，他明明知道羅駿可能要幹些什麼奇怪的舉動，卻無法不讓自己擔憂起另一名持有公事包的梟凱。

他到底想幹什麼？

林少恆腦中甩不開預知未來災禍裡，見到他所認識的大家躺在斷裂建築的畫面，決定先跟著梟凱再說。

一路尾隨，梟凱趁著會議即將開始前，找了靠近前排的單獨空位坐下。

該場有關火山爆發的研討會開放給有識別證的民眾入場，因此位子很快就被佔滿，林少恆趕到時，僅剩後方的零星座位，立刻入座，以他的角度剛好可以監視梟凱的動靜。

一名女主持人走上台，進行今天的座談會開場。

先簡述了幾週前，位於大屯火山群之一的七星山，因爲無預警的爆發而導致鄰近區域的災情受損情形。雖然這次的噴發並沒有外界想像的大，在經過相關單位統計後，也造成數百名居民與遊客吸入性嗆傷與燙傷等不一情況，此外也有數十棟房屋毀損，應爲爆發當下的地震所致。

無預警？林少恆聽到這個詞時，嘴角憋笑了一下。

大家是否都忘了他曾直播預告過？但他不介意，這本來就不是林少恆的場子，安靜觀察就好。

女主持人簡單說明後，立刻邀請坐在前排的王向智教授上台，針對這一系列的火山議題進行說明。

台下聽眾認真地聽著王向智的解說，從現有的火山監測方式開始，再到他判斷這場火山的活動應該暫時告一段落，不會再有更嚴重的噴發。但由於大屯火山群中的七星山依舊是活火山，因此建議政府未來在監測上，必須要有更進一步的投資與研究，才能更即時偵測火山活動。此外，他也呼籲應該要有下一次噴發的準備，盡快針對未來的突發災情進行首都的都市設計與防災演練。

「請問，先前有預言家表示台北會有更大規模的地震，甚至導致台北沉沒，這有可能發生嗎？」而此時台下有聽眾突然舉手。

眾人都知道，他指的是曙光會錢正隆。

「關於這個問題……」王向智稍微停頓一下。

林少恆清楚，王向智不可能對外透露太多有關震波誘導設備的存在，就連里奧1號，也不可能對外公開。

「依最新的地震研究，目前尚未有辦法提前這麼久，精準預估何時會發生斷層活動的技術。」王向智思考一下，繼續說：「的確，北部的山腳斷層是我很憂心的斷層之一，一旦發生活動，非常有可能造成你說的下沉災情，損失恐怕難以預期。」

「所以，您的意思是未來也不排除發生大地震，即便這次已過了曙光會所宣告的地震期限？」聽眾問得非常直接，但在場所有群眾，似乎都很想知道答案。

「沒錯。」

台下眾人間引起一股騷動，似乎沒料到教授會講得如此坦白。

「不好意思，我剛剛說得恐怕不夠精確。」王向智又補充：「其實山腳斷層並非近期才發現，它存在已久，甚至過去也曾有媒體報導過。但老實說，從沒像這次引起這麼大的注意和討論。如果以學界推估，山腳斷層的活動週期才過一半左右，短期內應該不會自然活動。只是我更擔憂的是，依我們社會目前的氣氛之下，恐怕難以處理這種『非迫切』的自然災害，我們的社會光處理三年的肺炎疫情，接下來還有經濟問題，甚至未來的選舉，老實說，我並不看好短時間內，社會能凝聚共識處理這項地震防災議題。但至少，你剛剛說的曙光會提起這項災難預告，已經引起外界注意，雖然他們以地震避難爲名，做了不少牟利的舉動……」

王向智意外地透露他真實的想法，就連坐在台前第一排的孫人澤主任，後方的林少恆都能見到她肩膀輕輕震了一下，幾乎都能感覺到她眉頭緊皺著。

「或許，在我們的社會開發出更好的科學監測技術之前，需要更好的預言家吧。」王向智不死心地說完，看來他對錢正隆怨懟頗深。

這也難怪，里奧1號是他和錢正隆共同開發，卻被一腳踢開，有這點情緒十分正常。

林少恆知道王向智這人雖然溫和，但從那次在他住處見到王向智和太太二人，扛起照顧昏迷在床的兒子多年，那並非尋常人所能承受的重擔，還能參與開發里奧1號這種神奇的設備，就知道他並不簡單。

這種看起來溫和的天才，越難以掌控，臨時脫稿演出也不太意外。

林少恆暗自心想。

在主持人簡短小結後，立刻又邀請另一名穿著正式套裝的年輕高挑女子上台。台下的目光一瞬間又被她吸引。

是許惠晴。

那位在火山爆發當下，最先到場獨立營救數十人的緊急救護員。

許惠晴站在講台前，似乎有些不太習慣眾人目光，先是自我介紹後，以有點生澀的聲音簡報當日的救護過程，搭配螢幕顯示的當日受災畫面，一瞬間讓人重回到那場火山爆發的惡夢禁地。

但林少恆卻被一件無關的事給吸引。

許惠晴居然綁起了馬尾，是多年前，那個曾見過的藍色波斯菊髮圈。

也是林少恆取名她小藍的由來。

他不知道為何許惠晴忽然改變造型，只是這個變化讓他有些出了神。

「……那天我已盡全力處置所有能看見的傷患，但單靠一人的能力依然有限，很遺憾還是有許多傷患沒辦法及時得到救助。」許惠晴不知不覺已講解到尾聲，語調一轉：「雖然活動請我來分享，大家注意力都在我身上，以為都是我的努力，但其實不是這樣。嗯……我想說的是，當日還有另一名在場的民眾協助我很多，要是沒有他，受傷昏迷的同事恐怕無法順利清醒，我想利用這個機會感謝他。」

許惠晴望著台下攝影機說。

林少恆一瞬間，以為許惠晴見到了自己。

但她的目光很快挪開，靦腆地向主持人點了點頭，示意差不多了。

林少恆很快明白，她應該是刻意不提起自己的名字。這陣子他捲進的麻煩事已經夠多了，如果又在鏡頭前提起林少恆，恐怕又讓媒體記者包圍事務所。又或者，她依然無法諒解當年在療養院發生的事。

他應該和許惠晴好好道個歉，即使當年是遵從石爺爺要求。

林少恆一邊注意台上的同時，也不忘留意前排的梟凱。對方一直都沒什麼動靜，難道只是來聽演講的？

就在主持人進行完總結，大多數聽眾也陸續起身時，梟凱的位置空了。

林少恆急忙起身尋找，卻一直找不到人，立刻又往前移動幾步。很快發現，梟凱只是蹲了下來，卻從那個公事包裡掏出一個黑色物體。

一把黑色的手槍。

那是之前羅駿拿來攻擊自己的同一把槍枝，只是槍口一樣被他裝設了滅音裝置。

梟凱將槍枝藏在外套內側，沒有離開會場，直接朝台前走去。前方是王向智正在接受訪談，周圍都是人群，且正面要害開闊，如果此刻遇襲，在混亂中很難抓到凶手。

糟糕！林少恆暗自心驚，想起錢正隆或許早就猜測到，設下的震波誘導設備之所以失效，能與他抗衡的，就只有曾與他合作共事的王向智有能力知曉這一切。

「王教授！小心！」林少恆立刻大叫，指著持槍的梟凱方向。

「林少恆？你怎麼在這裡……？」這意料之外的大吼，立刻吸引王向智的轉頭，他滿臉困惑與不解。

而梟凱似乎也沒料到自己的行動居然早就被注意，首次露出驚愕的表情；但他很快地恢復冷靜，直接改變策略，選擇將槍口舉起從遠方攻擊，喃喃說：「導師的敵人……」

碰！一道細微但仍可辨別的槍聲傳來。

接著是椅子被撞倒的巨大聲響。

林少恆整個人撲向梟凱，二人摔進台下眾多的折疊椅中，引起在場一股騷動。許多參與活動的民眾見到梟凱手上的槍枝，紛紛尖叫奔離現場，在人群的推擠下，顯得更加吵雜混亂。

「早就注意你很久了！」林少恆死命壓著對方持槍的手腕，不讓他有機會瞄準。「錢正隆叫你製造大地震，現在又要你殺王教授！接下來是不是又要繼續完成我不小心輸入的台灣沉沒？幹！你們到底有完沒完啊！」

林少恆積蓄在心底的悶氣一口氣宣洩出來。

他這些日子，一直深深恐懼當時亂玩里奧1號的製造天災功能，「台灣沉沒」這個恐怖的災難會因此成真，甚至更擔憂會變成能操作里奧1號後台的錢正隆刻意拿來牟利的契機。

當年聽從石爺爺的意願，協助他注射藥劑平靜離開人世，已讓他多年來帶著不安感。若自己亂操作里奧1號的過失，又成了大量人命罹難的起因，他完全無法原諒自己。

被壓制在地的梟凱，原本還在掙扎反擊，聽見林少恆的罵聲後，忽然一愣。

對方似乎不太明白林少恆的話，表情有些茫然。

口中喃喃說著一些林少恆無法理解的話。

曙光會根本是另類的邪教組織。

他有種直覺，這傢伙腦袋不太正常。

正想把他手裡的槍枝奪過來，忽然身後一道劇烈的閃光，同時帶有猛烈的巨響，接著會場裡的大燈完全熄滅，陷入了黑暗。

無數令人膽寒的玻璃與裝潢建材斷裂的聲響從四處傳來。

轟隆隆……

一大片會場天花板，類似輕鋼架等建材從上方崩塌。

林少恆在這一瞬間，他明白當時在預言事務所冒死見到的預知災禍畫面，正在眞實上演。

22.

世界上，除了大自然造成的天災能一次奪走大量人命之外，人為的炸彈同樣能瞬間造成大量傷亡。

在恐怖攻擊中，炸彈帶來的強烈氣體可將人體瞬間扯成碎片，震波則讓器官嚴重受損，而且若是在室內引爆，造成的建築倒塌更是讓許多救難人員感到頭痛。過去許多罹難者都是在建物坍塌的水泥石塊中被發現，那些慘狀就連經驗豐富的救難隊員都不願去回想。

死亡，對生者來說是遙遠的。

今日在會場討論的內容，各種環保議題都是以五年、十年為單位，甚至討論起百年後氣候變遷下的災難，在場的人應該都無法親眼見到世紀末是否真如這些專家學者所描繪的情況，卻憂心不已。直到爆炸引發的那刻，沒人可以意識到，有一個更具殺傷力的威脅居然可以離自己這麼近。

當林少恆從短暫昏迷中清醒，前方是歪斜僅剩一條電線掛在門邊的綠色逃生告示牌，那詭異的螢光綠差點讓他以為見到了鬼魂。

「發生什麼事？」林少恆從地上撐起身子，他不曉得失去意識多久，只覺得全身到處都在痛，爆炸引起的耳鳴還未解除。

周圍已經沒有燈光，僅剩些微的緊急逃生照明光源穿過坍塌的建材鋼架縫隙。透過一絲照明，發現在扭曲變形的鋼架底下，有一個人影。

林少恆壓低身子一看。

是梟凱。

但他已經沒有氣息。靠近右側太陽穴的位置，有一個方形的凹陷，似乎是鋼架落下時造成的致命傷，而他原本要行凶的槍枝落在肩膀附近。

林少恆趕緊撿過槍枝，立刻關上保險，免得不慎擊發。

「王教授！」林少恆放聲呼叫。

雖然他們二人扭打引起的騷動已讓多數參與會議的群眾驚慌逃離，但還有許多留在大樓裡的群眾根本不知道發生什麼事，依然可以聽見有許多慘叫與哭泣聲，從不同方向傳來。

「林少恆！你沒事吧？」王向智的聲音從另一側不遠處傳來。

「教授！」林少恆心中鬆了一口氣。

「剛才那個持槍的人呢？我這裡看不到他，你小心一點！」

「死了。」林少恆瞥了地上的臬凱一眼：「被掉下的鋼架砸到腦袋。」

「好吧，你沒事就好。你到底跑來這裡做什麼？太危險了！」王向智又問：「是那個男人引爆的炸彈嗎？」

「我覺得應該不是他幹的。」林少恆想起進入另一間會議室的羅駿，直覺爆炸的第一現場並不是在這裡，而是更遠的地方。

忽然，他盯著手裡這把原本屬於刑警羅駿的槍枝，驚覺自己忽略了一件重要的關鍵。

他原先認為羅駿西裝外套底下藏的是槍，但如果槍在這裡，所以羅駿藏在外套底下的東西會是什麼？

腦袋一轉，要不是身上有傷，他很想給自己來一巴掌，覺得自己真是笨得可以。

就是炸彈！

明明早就想出另一個可能引發台灣沉沒的成因——海平面上升。

但他怎麼完全忽略，羅駿可能與臬凱聯手，他的目標就是正在會議裡介紹獨家碳捕捉先進技術的美國教授！

里奧1號是否具備製造天災的能力，林少恆無法得知。

但他推測，錢正隆從里奧1號的系統後台，得知被無端輸入台灣沉沒的預設天災後，就開啓這一系列的計畫。先是籌劃震波誘導設備，接下來又想利用殺害美國教授，引起這項可能拯救人類暖化未來的技術滅絕，雖然失去這項技術，受暖化影響的海平面不會立即上升，但的確達成了當初預設製造天災的最終目的。

林少恆想起，當時他輸入「台灣沉沒」時，的確沒有輸入一個明確的災難發生時間。

但這計畫簡直瘋得可以！

但爲何錢正隆要幹這種事？

難道僅是爲了利益？爲了銷售那些已經花費巨資開發的避難社區？

的確，以錢正隆的年紀，他可能見不到因暖化造成的海平面上升危機，但就因爲這樣，所以製造一場大災難，這也太令人匪夷所思!?

而且，錢正隆自己不也在那場會議裡嗎？他到底在計畫什麼？

「林少恆，你快點離開！」王向智的聲音從坍塌的鐵架另一側傳來。

有股燒焦的味道開始蔓延，想必爆炸引發了火災!?

「你先離開！我從這裡過不去。」

林少恆點開手機的燈光，發現自己被一堆扭曲的鋼架和層板給包圍，唯一出口在王向智那端，有種即視感，那個躺臥在猶如廢墟的預知畫面。

想起預知畫面中，倒在廢墟裡的人，那些熟悉的面孔。

「許惠晴！教授你有沒有看到她？還有孫人澤主任，她應該也在現場！人呢？」

「我不知道……如果她們沒撤離，應該距離我們不會很遠才對。」

「……我沒事。」有一個女性的聲音從另一頭傳來。

是孫人澤主任，但聽聲音有些虛弱。

王向智很快移動到她附近，驚呼：「妳腹部受傷了！」

「我清楚。」孫人澤就算負傷，但她強人的個性依然沒有改變。

「我現在只能先幫妳止血……妳得趕快去醫院！」王向智將他的外套脫下，用力纏繞在對方出血的部位，此時孫人澤就算再堅強，也忍不住喊痛出聲。

「王教授，你那邊看得見許惠晴嗎？」林少恆擔憂問。

「不在這裡，我記得爆炸當下，她應該才剛從台上準備下來。」

林少恆覺得不妙，他們的位置應該相距不遠，但無論如何呼喊，就是沒有許惠晴的回應，僅有其他群眾零星的呼救聲。

「王教授，你先把孫主任帶去就醫，我要留下找許惠晴。」

「不行！」王向智口氣突然變得嚴厲：「煙已經飄進來了！」

「那怎麼辦？她救過我，我不可能把她扔下不管！」

「我留下來找她，你先想辦法撤離吧。」

「孫主任需要你協助，再拖拖拉拉傷亡更大！」林少恆回嘴。

王向智陷入沉默，他知道不管如何勸說一定都沒有用，而且理智上，林少恆受困另一側過不來，最慘的情況是大家都一起陪葬。

「你自己小心，我很快就帶人回來幫忙！」

王向智撐起孫人澤的肩，趕緊朝尚未有濃煙的出口移動。

林少恆從縫隙見他們離去後，不知為何鬆了口氣。

至少在他的預知畫面裡，並非無人存活。證明他所見到的未來，依然是可改變的，現在他要找到許惠晴。

林少恆一邊在扭曲歪斜的鋼架裡攀爬，煙霧逐漸從已經不存在的天花板高處蔓延。由於光線不足，再加上建材與破碎石塊擋路，僅能憑著印象緩緩朝舞台方向前進。

才前進沒幾步，就發現幾名倒地呻吟的傷者，仰躺在地，等待救援。

抱歉，還有更重要的人等著我。

我等等再回來幫你們……

林少恆不忍地爬過滿身是血的群眾，如果可以，他希望能親手幫這些傷者移除壓在身上的石塊，但此刻他隻身一人，根本做不到。他忽然能理解火山爆發當時，許惠晴身爲緊急救護員的心情。

就當他終於來到破碎的舞台附近，空蕩的台面無人，僅有散落的碎石和鋼條時，他心中一沉。

人呢……

一陣絕望襲來，忽然在舞台邊緣，見到一位穿著套裝的身影。

全身都是灰。

許惠晴縮瑟在舞台邊緣角落，堅固的舞台支柱恰好成爲掩體，躲過落下的鋼架，但傷勢未明。

「終於找到妳了！」林少恆彎低身子爬過障礙物，發現許惠晴腳部流了不少血，她靠自身知識，臨時以皮帶作爲止血帶救急。

「……你怎麼在這裡？」許惠晴虛弱地回應，「……發生什麼事？」

「應該是別間會議室發生爆炸，波及到我們這裡。」林少恆不知道她的傷勢情況，不敢貿然挪動，問：「妳有辦法移動身體嗎？」

「我試試……」許惠晴撐起身子，痛得額頭立刻浮現汗水。「腳傷得比較嚴重，但出血止住了，其他應該都沒什麼大礙……」

「我來幫妳。」林少恆立刻抓穩她的肩部與腋下，先從鐵架底下拉出，然後將她背到身後。「抱歉，我得爬過縫隙，可能會有點痛。」

「沒關係。」許惠晴忍著痛，忽然笑說：「想不到這麼快就讓你還清在陽明山的人情，謝謝。」

「我以爲那是妳的職責。」

「好吧，當我沒說。」許惠晴回答。

這下換林少恆笑了。

二人費了一點時間才回到坍塌的牆面，前方受阻，但這裡已經是距離出口最近的位置，不久前與王向智隔著倒下的破碎牆面對話的位置。

「這需要破壞器材才能通過。」許惠晴指著坍塌的位置說。「沒有別條通道嗎？」

「沒有。我剛才找妳的時候，也同時在留意其他出口，但這爆炸影響的範圍很大，天花板和牆面幾乎都震了下來，我們還活著算幸運了。」

林少恆指著旁邊被鐵架砸死的梟凱。

他想繼續移動尋找缺口，不慎踢到一團物體，側臉一看，是梟凱原先裝著槍枝的手提公事包，本來想一腳踢開避免擋住前進路線，卻意外發覺觸感堅硬。

低頭把公事包裡的內容物掏出，有一個方形像手機的物體，林少恆用光線一照，瞬間愣住了。

是里奧1號。

他幾乎不敢相信自己的眼睛，這麼重要的東西，怎麼會在這裡？

這個公事包原本是由羅駿持有，或許他把槍枝交給梟凱後，梟凱又把里奧1號裝進袋中攜帶。他們二人到底是什麼關係？一定有問題！

此刻，也只能暗自慶信它沒有跟著羅駿一起進到爆炸的現場。

可是就算拿到里奧1號又能如何？

它是一台預測未來天災的儀器，或許眞的還有製造天災功能……

一瞬間，忽然有種直覺告訴自己，里奧1號的功能眞有這麼強大嗎？這該不會是有人刻意放出的謊言？

畢竟這一切的災禍，是從他胡亂輸入台灣沉沒後，突然碰出一系列如震波誘導設備，現在又想藉由除掉能解決人類暖化困境的外國教授，間接使得海平面上升，進而達成台灣沉沒的目的，即使該災難仍需多年後才可能成眞。

林少恆感覺，這一切實在不像一台擁有先進科技的儀器會有的能力，反倒像是有雙看不見的手藉機搞事。

種種得利者，都指向錢正隆的曙光會。

他不免懷疑起，錢正隆會不會根本沒在這棟建築中。

但這一切，似乎變得不太重要了。

濃煙從坍塌的窄小縫隙不停蔓延，速度雖然不快，卻令人絕望，所有可見的坍塌缺口，都不足以讓他們二人通過，恐怕等濃煙充滿所有空間，到時就得和鬼魂張誠他們三個變同類了。

「林少恆，你有沒有看到那裡有個奇怪的閃光？紅色的？」

許惠晴指著坍塌的碎牆，卡著一個類似包裹的物體。

林少恆心灰意冷之際，隨手從碎牆挖出。

明顯份量不輕，拿在手上有點重量。

這是什麼奇怪東西？牆內怎麼會有這個？

一拆封，露出一個透明長條壓克力方盒，內部裝了數根類似軟管的物體。上頭有許多線路纏繞，接到壓克力盒外的數字面板。面板上數字正在倒數，但數字跳動的方式非常奇怪，忽快忽慢，倒數中的數字還有三十多分鐘。但依這跳動的速度和規律推算，實際應該剩下不到一半時間。

就算不靠外人解說，他們都知道自己從廢墟堆裡挖出了什麼鬼東西。

好消息是，他們終於知道到底是什麼原因引起這場大爆炸。

壞消息是，在受困的情形下，還多一個正在倒數中的炸彈陪同。

「又是一個炸彈。」林少恆露出苦笑：「而且還是故障的。」

23.

許惠晴見到林少恆手裡不停倒數的炸彈，原本失血略顯蒼白的臉頰，彷彿又更白了。

「這……應該不是什麼震波誘導設備吧？」

「不是，一看就是炸彈，會炸死人那種。」林少恆繼續說：「如果不是刻意錯開剛剛那場大爆炸，我猜它原本就是被安置在會場某一處，但不曉得出了什麼故障沒有引爆，隨著牆面坍塌一起被震了出來。」

「有辦法解除嗎？」許惠晴指著壓克力面板上有一個小巧的數字面板。

「這次恐怕沒那麼好運。」

林少恆苦惱地兩手一攤，如果要解除就得知道密碼，但這種情況下，他要如何尋找有關密碼的線索？

許惠晴不是不曉得現在的狀況，但依她救護出勤的經驗，更擔憂他們說不定撐不到炸彈爆炸，就先被逐漸侵入的濃煙嗆死了。可是按她目前負傷的狀態，也很難幫林少恆清除倒塌鐵架的忙，短時間恐怕逃不出去。

「……我繼續去尋找出口，妳留在這裡等我。」

林少恆似乎看穿了她的心思。

「你不是都找過好幾遍了？」許惠晴抬頭看他一眼。

林少恆咬著嘴沒有回應。

許惠晴思考一陣後，拿起炸彈，隨意在面板上輸入數字。

紅色的螢幕反光瞬間閃爍兩下。

密碼錯誤。

林少恆眼睛瞪大，這舉動或許不是很明智，卻是此刻唯一能做的。

「好啊，來碰碰看運氣。」

他乾脆來到炸彈旁，接手不停試驗任何與曙光會有關的數字組合，代表密碼錯誤的紅色提示不斷跳出。要是這炸彈設有輸入次數限制，他們恐怕早就被炸死也不一定。

就這樣一路嘗試，直到林少恆開始輸入一些無意義的組合時，他們都知道事態不妙。

「你爲什麼會出現在這裡？」許惠晴忽然問。

「什麼？」林少恆又輸入一組錯誤的數字，氣餒地轉向她。

「我說，你怎麼會想要來這個活動？你不擔心又被記者包圍？」

「比起那種小事，還有更需要擔心的。」林少恆說：「我覺得自己似乎猜錯了台灣沉沒的唯一成因，我們都認爲解除了震波誘導設備，讓山腳斷層不再被誘發活動，就不會有大地震，也不會有下陷的危機。但事實上，台灣若要沉沒，不是僅有地表下陷，還有可能是因爲海平面上升，只是這速度應該不會很快，所以我從來沒朝這方向思考。」

「聽起來蠻有道理的，所以曙光會才把目標動到今天的會議？」許惠晴雖然參與的是有關防災的議題場次，但她也清楚這一系列的研討會活動，正是討論暖化等氣候變遷議題爲主的場合。

林少恆簡短敘述同時段會議，邀請到國際知名的當紅學者，前來講解具備商業可行性的碳捕捉與應用科技。如果這人一死，對全世界來說，所有用來應對暖化的先進措施將大大受挫。

「還有一件事，我一直都沒有跟別人提。」林少恆述說他曾在預知災禍畫面裡，見到坍塌建物中，曾出現過許多他認識的人。

包括許惠晴和他自己。

她原本蒼白的臉色，忽然有些惱怒脹紅。

「還見到你自己！」許惠晴忍不住唸道：「明明知道自己會有危險，還來！眞的很不要命耶！虧你還是算命的，大算命師！」

林少恆只能尷尬地笑著。

不曉得爲什麼，眼前的炸彈倒數不停忽快忽慢地跳動，面對這種無解的情況，意外地不慌亂，難道自己對生命眞的如此豁達，沒有遺憾？

這時他突然想起一件重要的事。

「對了，我想再次跟妳道歉。上次跟妳說過有關妳爺爺的事，我不知道當年這樣做到底對不對，但如果妳覺得我是殺人凶手，那也沒關係，總之我很抱歉以這樣的方式讓妳知道爺爺走的原因。」

許惠晴一雙眼睛盯著他，不曉得在想什麼。

「還好嗎？」

「謝謝。」許惠晴說。

「妳不用跟我道謝，感覺好怪。」

「如果當時的情況這麼惡劣，想必爺爺一定是很害怕，才會要你做這種事。如果我是他，一定不希望當時幫我解脫的人，這麼多年後還不安愧疚著……抱歉……

想必當時你應該很爲難吧……」

許惠晴凝視著他，緩緩道來。但由於她傷勢頗重，語速也漸漸緩了下去，似乎變得很虛弱，隨時都會失去意識。

這番話，讓林少恆這段日子以來，深積在胸口多年的殺人祕密，瞬間如釋重負。他並不是爲了聽這段話而來，卻意外獲得最觸動內心的救贖。

「要是還有時間就好了……」

林少恆感覺未來一切充滿希望，但諷刺的是，時間已經不多了。

望著放在地上的炸彈，倒數持續。他們完全沒有頭緒，不知道該輸入什麼好。

「感覺我們相處的時間過得好快，一下子就過完了。」

「妳說什麼？」林少恆轉向許惠晴。臉頰有些微熱，他以爲自己聽錯了。

「什麼……？」許惠晴一臉困惑。

「不是，妳剛剛不是說我們相處的時間過得好快……」

林少恆心想該不會是害羞，所以否認，準備說些什麼回應。

「如果我再不出手，你們可能就眞的準備跟我作伴了。」

又是同一個聲音。

這下就連林少恆都感到困惑，因爲許惠晴嘴巴並沒有動。

忽然間，發現掉落在旁邊的一塊半人高灰白夾層板，印著一個模糊的身影。身材碩大，圓滾滾的腦袋。

「……張誠？」林少恆瞪大雙眼，不解大叫：「你怎麼出現在這裡!?」

鬼魂張誠的身影，像是投影般出現在夾層板上，對他招了招手。

「意外吧？」張誠一張圓滾的臉笑著：「你們也太慘了，都變成這個鬼樣子。」

「有什麼辦法，能保住一命就很不錯了！」林少恆說，他心中見到老朋友非常開心，但更覺得奇怪，從來沒在事務所以外的地方見過鬼魂出現。

難道自己眞的快死了？

所以他是要來引路？

林少恆心臟猛烈跳動，胡思亂想起來。

「應該還剩下不到三分鐘，張誠你還有沒有想跟我講的？否則等炸彈一爆，我就到另一邊去找你們了。記得教我怎麼當鬼啊！但先說好，事務所那張床還是我的，別趁我不在期間給我偷躺！等我七天回去發現你就知道。」林少恆說。

「少廢話，你今天還死不了。」鬼魂張誠挖著鼻孔，瞇眼說。

「不可能，我眞的不曉得密碼。」林少恆聳聳肩。

「你當然不曉得，可是我知道啊。」張誠又說。

「等等，你知道？這怎麼可能……」林少恆眼睛直盯著他。他理解鬼魂有獨特的能力可以跟外界其他鬼魂交流，蒐集必要的資訊給林少恆參考，過去他們這樣合作好多年了。但這炸彈他試過所有與曙光會和錢正隆有關的所有密碼組合，此外也沒有任何線索可參考。就算張誠想幫忙，這也不是短短幾分鐘能解決的事。

「我說你今天死不了就死不了，你忘了我看得見未來嗎？」張誠抱怨道：「之前不能講而已。」

這句話讓林少恆瞬間從迷霧中驚醒，合作這麼多年來，他都忘了。

林少恆與三名鬼魂重逢後，他們曾解釋彼此之間有種神祕卻不能違反的規範。林少恆不能對鬼魂們說謊，而三名鬼魂雖能見得到未來，卻無法對唯一見得到鬼魂的林少恆說真話，除非鬼魂自願吐露未來真相，但如此一來會使鬼魂消亡。

對當時說謊成性的林少恆來說，簡直就是個詛咒，但合作多年後，也漸漸習慣了。

「好啦，沒時間了，你快把炸彈拿好。」張誠催促。

「你……」林少恆顫抖地把手指按上面板。

「輸入……07，然後按下確認鍵，動作快！」

0……7……

就這樣?林少恆輸入完後，簡易的面板閃出綠色光。

「成功了!」林少恆大叫：「這是什麼意思?密碼居然這麼短。」

「預言之神阿波羅的七弦琴。」張誠笑說：「有人眞的對預言之神頗爲著迷。」

「等一下，張誠你……」

「不要用那種眼神看我，只是不想看我最好的朋友死掉而已。」張誠搔著腦袋呵呵一笑，表情忽然又變得嚴肅，說：「事情還沒完，你得把握時間。」

「什麼意思?不是已經解除了嗎?」

林少恆面露疑惑，發現倒數中的數字居然沒有停止，算算時間已經剩不到三十秒。

密碼居然有兩階段!

「我只能幫到這，剩下的交給其他人處理……」

「張誠!」林少恆大喊，此刻已經沒有回應。

灰白夾層板上，頓時又出現另一個熟悉的身影。

是吳文心。

「阿恆，你知道我一直都喜歡你對吧?」吳文心忽然開口。

「文心……」他知道對方想幹什麼。

「謝謝你，這幾年待在事務所，我覺得已經賺到很多相處時間了。」吳文心笑得很甜，就像當年他們還在學校一樣。

林少恆此刻還沒從失去張誠的情緒中恢復，現在吳文心也即將步上他所選擇的命運。

「剩下沒幾秒了，動作快。」吳文心催促他手拿好炸彈。

他正要開口，忽然之間，吳文心的身影消失了。

「文心……？」林少恆一愣。

另一個男生的聲音突然插話，口氣充滿不耐。

「201907，輸入！」

林少恆不解，但手指先行動作，倒數數字終於停在不到3秒的地方。綠色燈亮起，接著所有面板數字完全消失，彷彿關機一樣。

「成……成功了！」林少恆叫道。

「廢話，我才沒你那麼遜。」瘋狗徐志益的臉得意地出現在夾層板上。

「瘋狗！」林少恆不敢置信。「為什麼是你！你為什麼要幫我……」

「我不是幫你，是幫吳文心。」瘋狗一臉臭臉，死死瞪著他，那表情多年來都不曾變過。「我不想因為你的關係，讓吳文心消失。」

林少恆一瞬間明白，原來這位多年來的死敵，居然偷偷暗戀著吳文心，而他從來都沒有承認過。想起多年前他們衝突時，瘋狗故意綁走吳文心，也是吃醋的緣故。張誠其實曾經暗示過林少恆，但年少氣盛的二人，根本只想在風頭上壓過對方，完全沒意識到這點心思。

「反正都死過了，又死一次也沒什麼好怕的。」瘋狗表情誇張地嘆口氣：「別像笨蛋一樣待在這裡，等等這邊會塌，去旁邊的角落等救援，愛聽不聽隨便你。」

瘋狗說完後，也緩緩消失在灰白夾層板上。

林少恆腦袋嗡嗡作響，這一切變化太過快速，根本來不及反應，立刻揹起已經失血過多的許惠晴，朝瘋狗指出的角落等待。

煙霧蔓延進來的情形沒有停過，就當原先站的地方傳來建物崩塌斷裂的轟然巨響時，林少恆已經不知該做何反應。

拿著電量不多的手機不停揮舞，窄小的鏡頭燈光似乎起不了太大作用。

就當他感到絕望時，數道急促聲響從散落的鋼架縫隙傳來。

許多帶有亮黃色醒目反光條的消防衣人影在走廊外奔走，奔向火場進行救援。

而其中有另一名男子見到縫隙裡揮舞手機的林少恆，立刻朝他們衝來。

是王向智。

他滿臉都是黑色的灰，把負傷的孫人澤主任交給到場救援的人員後，又自願回到了現場。

「再撐一下，救援都來了。」他的手從縫隙穿過來，緊抓林少恆說。

24.

「我回來了。」

林少恆過去的習慣改不掉，進到事務所後喊聲，但已多日無人回應。

這已經不曉得是多少次覺得預言事務所如此空盪。

平時會跟他閒聊的張誠不在了。

多年佔據沙發的瘋狗，也不再出現於平時的位置。

唯獨還來不及講出密碼的吳文心尚存。但從林少恆負傷出院，返回自家事務所靜養這幾天來，完全不見她的身影。

整間事務所，彷彿回到剛搬入時，那樣冷清無生氣。

電視新聞整日開著，不停播報一些聳動的內容，但吵鬧的聲音卻難以掩蓋林少恆落寞的情緒。

曙光會錢正隆在那場研討會爆炸案中當場身亡。

而死於同一場會議的羅駿，更是被警方查出背後與錢正隆有密切的金錢借貸關係。由於羅駿入內時，已經是「高碳排企業與綠色經濟的永續未來」這場會議結束尾聲。羅駿似乎是刻意等待這個時機入內尋找錢正隆密會，目前檢調正朝金錢糾紛方向調查，不排除是因爲羅駿拿炸彈威嚇錢正隆，卻不愼引發劇烈爆炸的情況，但由於爆炸點不只一處，因此檢調也不排除有共犯的可能。

該場爆炸案總計造成數十人死亡，涵蓋其他鄰近場次的會議參與者在內，當然，也包含了梟凱。

但那名特地受邀前來參與研討會的美國克萊頓教授，居然臨時被其他更有意願採用該獨家技術的工商團體受邀，因此原先規劃的發表會議縮短一半提早離去，僥倖逃過一劫。

由於錢正隆的意外身亡震驚了全台灣。同時曙光會的運作也是以錢正隆的預言爲基礎，因此各據點頓時大亂，一時之間也不知該推舉哪一個更有資格的會員去擔任領導者，甚至有曙光會成員動起同是年輕預言家的林少恆腦筋，不停推薦他擔任曙光會內的要職，讓接到邀請的林少恆更是哭笑不得。

這段時間裡，他幾乎推掉了大半事務所的客人預約，但還是有非常多的人想找他算命，畢竟過往成功預言的實績就擺在那裡，很難不被外界注意。

里奧1號這段時間一直被林少恆收在書架深處，已不像過去剛拿到這台儀器時，像個毛躁青少年一樣，興奮異常。

不管是誰，都因爲這台功能強大的儀器，傷害太多太深，尤其他身邊的人更是如此。林少恆不是沒閃過將里奧1號毀去的念頭，但每次準備動手時，他就想起里奧1號預測災禍的強大能力，尤其是那未知的製造天災的功能，到底是怎麼回事？雖然在那場爆炸案後，一切歸於平靜，卻也同時掩蓋掉更多解開謎團的機會。

其中最令他吃驚的，是錢正隆居然眞的在事發現場遇上爆炸身亡，這中間是否出了什麼差錯？

此外，王向智在那場爆炸案中，爲了先救孫人澤主任出去，以及重返火場救援他們二人，吸入了不少濃煙，傷勢居然比林少恆還重，在燒燙傷病房住了好幾日，簡直不要命。

至於許惠晴，她被倒塌的天花板鐵架給壓傷左腳，幸好當下自己處置得宜，沒有讓失血的情況惡化，在送醫開刀後，復原狀況良好，只是得拄著拐杖一段時間。

「她不曉得快到了沒？」林少恆望著手機。

許惠晴今天難得提出要來事務所找他，這是近期除了醫院以外，第一次在外頭碰面。由於這場案件尚有許多疑點待解，林少恆拜託在警消系統認識較多人脈的許惠晴，協助調查一件事，結果可能出來了。

叩！叩！

事務所鐵門被敲了兩下。

林少恆急忙開門，是許惠晴。

「妳怎麼不先打個電話或按門鈴，就這樣撐拐杖走樓梯，不怕跌倒啊？」林少恆關切問。

「反正我都上來了。」

「好吧，請進。」

許惠晴一入內，先朝四周看了幾眼。

「他們……眞的都不在了？」她悄聲問。

「嗯，張誠和瘋狗，因爲違反了規範，消滅了。雖然我一開始也不太相信，但都過這麼多天，我想這次是眞的不在了，或許他們眞的有鬼魂始終不能跨過的那條線，一旦違反就回不了頭了。」林少恆默默說。「我感覺，又害死他們第二次。」

在醫院期間，林少恆又把他們這幾位好友在山上求學的過往講了給許惠晴聽，由於許惠晴多年前也曾待過同一個山上鄉鎮，只是彼此不熟悉，但記憶的畫面一下就被林少恆的故事喚起。

當然，發生在療養院的事情，林少恆也描述給許惠晴知道得更爲詳細。

在林少恆的記憶中，並不是主動要替她爺爺注射吩坦尼這款強效止痛劑，而是另一個神祕的院內工作男子，早就先把過量的藥劑裝入針筒內。或許，那位工作人員人才是一開始爺爺拜託讓他平靜死亡的對象，只是對方恐懼土石流而落荒逃跑。

但由於年代久遠，而且所有證據早就隨著土石淹沒掉，根本無從查證。

當時還是學生的林少恆，只是天眞地完成爺爺要他做的事情。

原本要去救人，反倒變成殺人。

就算成爲算命師後的自己，也對命運的變化感到不解。

「先不要講這個傷心事了，他們既然做了，一定不會想見到你這麼想。」許惠晴安慰林少恆，接著從袋中掏出幾張彩色照片，上面是一把黑色的警用手槍，有幾處獨特的磨損痕跡，一看就知道是林少恆在研討會當天，從臯凱身上奪走的那把槍械，只是他離開爆炸現場後，一直沒有交出去。

這場爆炸案還有諸多疑惑，隱約覺得這把手槍應該會有些問題，因此拜託許惠晴協助。

「你要檢測的項目，已經有結果了。」許惠晴將複印的報告交給林少恆。

林少恆注視著報告，眼神閃爍，卻顯得有些憂慮。

「你打算怎麼做？」許惠晴也湊到報告旁，低聲問著他。

「不知道，但我只能確定，事情果然還沒完。」林少恆壓低聲音回覆。

由於兩人距離很近觀看同一份報告，臉幾乎都快貼到一塊。

此時，一道詭異飄忽的身影閃過。

有個嬌小的人影站在事務所沙發旁的角落，面露不悅地盯著他們的方向。是吳文心。

她不知何時出現在事務所裡。

林少恆因爲對方突然現身嚇了好大一跳，但隨即變成雀躍的心情。原來吳文心並沒有消失。

記憶中過去的事務所，還留下一塊熟悉的痕跡，沒有離他而去。

正準備對她說些什麼，下一秒，居然發現許惠晴也盯著吳文心的方向，眼珠瞪大，說不出話來。

林少恆才意識到，這是外人第一次在事務所見到鬼魂。

到底是怎麼回事？

25.

當林少恆擁有里奧1號越久，他越感到有股衝動，想把它重新從架上拿起，利用里奧1號預測天災的能力進行預言。

當今台灣，最知名的預言家就剩下他了。

我要說什麼都行，沒有人有資格阻止我。

簡直就像惡魔的水晶球，使人講出內心黑暗的話語。

不停誘惑著凡人取用禁忌的魔力。

或許當初錢正隆使用里奧1號時，也是同樣的心情。但隨著爆炸發生，所有的金錢、投資、權力與名聲，「碰」一聲，未來的一切就與他無關了。

死亡就是如此無情。

不曉得當時，錢正隆有沒有替自己算到這一條災禍。

在聽到王向智教授順利出院後，林少恆迫不及待地立刻聯繫對方，想徹底弄懂里奧1號背後的操作功能與原理。

幾個月前，他還是一位期待獲得名聲與財富的三流算命師。

但事發至今，他內心渴望的，或許僅存釐清這一陣子的謎團與紛擾。

至於里奧1號的去留，他沒有太多的留戀。

「我其實最好奇的，是里奧1號居然可以讓你使用，還能準確無誤地使用它預測未來災禍。」王向智傷癒出院後，坐在條通的預言事務所裡，看著平放在桌上的里奧1號喃喃自語。

「什麼意思？」林少恆問。

「我之前跟你提過，錢正隆開發的里奧1號內含一款先進的人工智慧，能根據自行監測它認爲有用的即時資訊，並運算出使用者想得到的結果。上次跟你提到的『災禍粒子』，就是它以蒐集到的一切資訊，根據『災禍粒子』的濃度進行推算未來可能發生的災難，預測未來的原理大致是如此。」王向智一邊解釋，一邊點開里奧1號螢幕，準備操作系統時，卻突然跳出警示畫面。「你看，錢正隆不只關閉我後台的權限，就連我現在直接操作里奧1號，也不行了，除非是你本人。」

王向智把里奧1號轉向林少恆。

林少恆疑惑地把臉湊到螢幕前時，瞬間鎖定的畫面立刻解開。

「可是我根本不認識他，這麼做的原因是什麼？」

「不知道，但他就是這麼做了。」王向智表情無奈地把里奧1號挪回他桌前。一瞬間，畫面又變成鎖定狀態。

「還是你教我怎麼改回去，如果只有我有權限使用里奧1號的話。」林少恆說。

「或許可以辦得到，但我覺得這樣做不會比較好。」

「爲什麼？王教授你才是這個儀器的共同開發者之一，只是還給你而已。」

王向智搖搖頭，停頓一下沒有馬上回答。

「教授？」

「你不覺得經過這麼多事後，民眾他們要聽的，不是我這樣的專家提出的警告。」王向智又說：「群眾需要一位更可靠的預言家，先引起外界對災難的注意，尤其是經過曙光會那種向人收取鉅額入會費的組織開始衰落之後，這是你的好機會。」

「等等……」林少恆眼睛張大：「你的意思是要我取代錢正隆的位置？」

「不管你想怎麼做，我都會在背後支持你。」王向智笑說：「至少我敢肯定，你一定不會比錢正隆壞。」

那可不一定……

林少恆心中暗自一驚。

雖然他對里奧1號此刻存在許多疑惑，但只要有它在身上，不管任何的災難都有能力提前預知，先不管自己的事務所生意會變得如何火紅，至少，可以像上次火山爆發那次提前直播，讓更多願意聽信他的人先行準備。

他沒想到，原先對里奧1號的疑慮和不安都尚未解除的狀態下，聽到此一提議，居然有辦法轉變得如此迅速。

人心果然經不起誘惑。

就當他準備把里奧1號拿回桌前考慮時，事務所鐵門又傳來幾聲敲門。

「你還有約客人嗎？還是許惠晴？」王向智說。

「客人預約都先排開了啊，你先坐一下。」林少恆很快走到門前開啓。「誰呀？抱歉今天已經有人……」

一隻大手從門縫伸進來抓住他的領子！

另一手緊握一把黑色手槍，槍口狠狠抵著林少恆前額。

「大算命師，你還記得我嗎？」

眼前三十來歲的男人口氣輕浮，精明的樣貌與眼神，就算平時林少恆見過許多不同客人，這個充滿城府的傢伙，他永遠不會忘記。

「奎哥？」林少恆驚訝說：「你出院啦……」

「幹！火山都爆多久了，躺在醫院太久也不行。」這名奎和會的年輕老大順著門走進來，側臉見到室內還有另一名男子：「嘿，還眞的有客人，我以爲你唬我。」

奎哥穿著深藍色長袖襯衫配西裝，脖子露出的部分，可以見到明顯的皮膚燙傷皺摺與膚色不均的情況。這是那場在陽明山上歷劫歸來的證明，想不到他復原得這麼快。

「如果要算命，我可以另外幫忙安排時段，今天不太方便。」

「你算命是眞的很準，準到嚇死人。」奎哥嘿嘿一笑：「啊對了，我是不是之前講過如果你有準，我還要給你三十萬？哈哈，你看看我都忘記了，就說醫院不能待太久。」

「沒關係，等你方便的時候再一起處理。」林少恆趕忙說，心想這流氓黑道話可眞多。

「今天很方便啊。」奎哥笑笑說。

但他手裡的槍一直沒打算放下，讓林少恆有些惱火。

「你是誰？」王向智突然出聲，似乎有些看不過去。「如果要請人幫忙，應該客氣點吧。」

「嗯？我才想問你是誰？等等……」奎哥一愣：「我是不是在哪裡看過你……啊，你是電視上那個教授！王什麼的？」

「王向智。」

「對對對，之前住院的時候，一直看電視，你們二位的臉，我不曉得在新聞看過幾遍了。」

「槍可以放下嗎？」王向智又說：「除非你是來搶劫還是幹嘛的。」

教授這人看來溫順平和，但面對這種情況，竟也不太打算屈服。

「別開玩笑了，你以為我是來找你們聊天的？」奎哥嘻笑語氣一變，眼神瞬間透露著凶光：「東西拿出來，別讓我催。」

「什麼東西？」林少恆問。

「你自己清楚，那台可以預測天災的神奇設備。」奎哥又說：「里奧1號對吧？我不是什麼都不知道就來這裡的。」

此刻，林少恆和王向智對看一眼，表情透露著不解。

「別看了，混黑道，消息靈不靈通就是保命的關鍵。」奎哥打量著王向智，又說：「是那個刑警跟我講的，虧我們私下往來這麼多年，突然掛了還是有點感傷，但這條消息不用太可惜。我早就覺得錢正隆是個很有生意頭腦的傢伙，原來有這設備在幫他，看來曙光會靠這種生意模式賺了不少，未來我的奎和會也可拿來用啊。」

「沒有我們，你拿去也沒用。」林少恆哼了哼說。

「我當然清楚，可是……」奎哥側臉說：「你們之中只留一個，應該還是可以的吧！」

林少恆表情微愣，這黑道到底在想什麼？幸好他沒有告訴對方，里奧1號僅有自己能解鎖的現況。

「你該不會以為我在開玩笑吧？」奎哥眼睛一瞇，冷冽的視線掃過二人。

從先前林少恆第一次幫他涉險窺伺預知災禍後，奎哥依然不放心，還派手下將他擄走到陽明山，光是這點，就知道這名黑道老大做事習慣留有許多後手。難保他不會希望知道里奧1號存在的人越少越好，因此才這麼說。

「你們兩個都是人才啊！死了哪一個都很可惜。」奎哥不知從何處得知林少恆和王向智的背景。思索一下，輕輕伸手朝他口袋掏出一包粉末。

「這玩意是別的角頭先給我試用的，聽說藥效很不賴，吃了會嗨，但這包不能一次嗑掉，得分成三次，不然爽過頭了就救不回來了。」奎哥走到事務所旁，在一個隱蔽的角落從寶特瓶默默倒入出兩杯水，接著隨手就把一整包藥粉全倒進其中一杯，攪拌均勻，幾乎看不見任何殘留。

「夭壽！沒味道，嘖嘖，就連我都分不出來囉！」

「你到底想幹什麼？」林少恆不悅地率先開口。

「這還用問！」奎哥遞出兩杯一模一樣的水杯，表情無奈：「我不想決定誰可以活著走出這裡，太殘忍。但又不想太多額外的人知道今天發生的事，所以，你們自己決定吧。」

26.

兩杯透明水杯放在桌上。

沒有人先伸手。

奎哥刻意與他們保持一段距離，避免這兩人突然撲上來，手裡依然拿著槍，保持隨時可以擊發的姿勢，在江湖闖蕩多年，這種基本的求生知識還是有的。

「怎麼辦？」林少恆低聲問。

「你看得出來哪杯有毒嗎？」

「不可能，他攪得很均勻，而且下藥的時候被擋住了。」

「所以你也不知道……」王向智頓時陷入苦思。

面對一把槍指著所有人，就算腦中有再多知識，就算能預見自己的未來，但面臨子彈這種狂暴不講理的玩意，只要輕輕一扣板機，什麼都沒了。自己的命運莫名其妙突然就交給了這個忽然闖進的黑道瘋子。

災難也是如此。

當年在療養院的土石流只要稍微一偏，被帶走的就是林少恆，運氣一直是佔據生命中非常重要的元素。

難道，現在就得靠運氣選擇誰能活下去？

在奎哥的身後角落，女鬼吳文心從他進入事務所開始大鬧後，就一直站在那裡。她沒辦法阻止這一切暴行，也無法出聲喝止對方，只能站在角落靜靜等待事件落幕。

忽然，吳文心伸出她細長的手指，指著右邊的水杯。

「有毒。」

她靜靜地說。

在那一瞬間，林少恆一下子就聽到吳文心那細如蚊蚋的聲音，可是下一秒，全身倏地起了雞皮疙瘩，立刻朝她猛搖頭。

我已經失去張誠和瘋狗了。

你不要多嘴自取滅亡！

怎料吳文心表情依然沒有太多的反應，指著右邊水杯，眼珠子微瞪大，浮誇地再說了一次：「有毒。」

林少恆不願見到她為了救自己，再度失去鬼魂夥伴。可是忽然間，他從吳文心表情，見到一絲過往合作多年，那種調皮又帶有無奈的心情。

好吧，原來如此。

林少恆一時緊張，差點都忘了這是他們不能直接對林少恆透露未來時，所約定好的溝通方式。

目前有兩個水杯，一杯有毒，一杯無毒。

如果吳文心直接指出右邊有毒，很明顯她只能說謊，因此眞正有毒的水杯是左邊那杯。在僅有二選一的題目中，即便是一句謊言依然能夠透露林少恆迫切想知道的訊息，且不讓鬼魂消亡。

他們這樣做過很多次了。

「你們要我等到什麼時候啊？」奎哥表情不耐，舉起槍口忽然對準王向智。

「我看還是我指定好了，婆婆媽媽的。王教授，你來選吧，你旁邊這年輕人的奇特體質還是讓我有點發毛，太邪門，根本作弊！」

「講什麼東西……」林少恆回嗆。

「如果……我知道哪杯沒有毒，喝下後，你眞的會放走活下來的那個人嗎？」一直沉默的王向智突然對奎哥問道。

什麼!?林少恆側臉瞄了王向智一眼。教授什麼時候知道的？

但王向智的表情變得不像以往溫和，似乎經歷了一場艱難的決定，非常疲憊的模樣。

「當然！你看你旁邊的林少恆，還不是活得好好的。」鬼扯……林少恆很想回嘴，當初是誰把他抓到陽明山上，要不是火山爆發，說不定自己早就死在這黑道的槍下。

「那好，我相信你！」教授說。

「等等，王……」

王向智跨步向前，不理會林少恆的阻止，立刻朝無毒的右邊水杯伸手。

右邊？

他怎麼知道？爲何知道右邊是安全的？就連奎哥也不解。

在這瞬間，林少恆眼神一瞇，似乎也察覺到王向智的舉動有些異樣，他剛才眼看奎哥倒入粉末的動作經過設計，應該是沒有任何窺看的可能。

但王向智的手在半空遲疑了一會，令人不解地轉向左邊帶毒的水杯，迅速拿起。

「林少恆，里奧就拜託你了。」王向智對著林少恆微笑，但笑容中帶著非常深層複雜的情緒：「我依然相信你，一定可以好好利用它。」

然後一口喝下。

「王教授！」

27.

我殺了人。

但他罪有應得。

預言，到底是什麼？

人只要獲取了神一般窺伺未來災禍的魔力，就能過上理想中的生活？逢凶化吉？

還是這些自稱先知的人製造了預言，然後人群逐漸往預言描繪的世界走去？

那我們最終抵達的地方，是神安排好的終點，還是僞先知所規劃的目的地？

如果盡頭是一座斷崖呢？人群是否像無知的羊群，依序墜落？

我始終看不出差別。

但唯一肯定的，是這個僞先知奪走了我的至愛，我的未來。他將我的至愛當成通往僞先知所規劃未來的一塊地磚，隨意地棄置在腳邊，踏過，踐踏著。

雖然這趟旅程同時造成了許多不必要的犧牲，我眞的很遺憾。

但比起困在不知是生是死的軀殼裡，死亡不過是一瞬間的事。這樣想，我的罪惡感又少了一些。

如果，當年我不要擅自主張，帶他去什麼百貨商場裡的遊樂場，或許，他依然還能陪在我身邊。

眞的。

我眞的好想他。

里奧。

我的兒子。

28.

即使林少恆大喊，依然沒有辦法阻止王向智將加入整包粉末的水喝下。

「林少恆，抱歉。」王教授把水杯放下：「被我搶先了一步，運氣不錯，雖然加了藥，還不算太難喝。」

「教授。」林少恆驚訝問。「你知道你喝的水是有毒的嗎？」

「知道。」

「你怎麼知道的？還有，爲什麼？」林少恆的視線從王向智身上移開，凝視著站在室內角落的女鬼吳文心。

吳文心一語不發。

而王向智也沒有接話。

但就算王教授能見到鬼魂，他也不可能理解吳文心一開始所指的右邊水杯代表意義。她雖明確表達出右邊有毒，最後教授拿的竟是左邊的水杯。更奇怪的，他擺明知道喝下的才是眞正帶有毒粉的水，這是怎麼回事？

「你看得到她？」林少恆問。

「可以。」

王向智回答的方式，讓人感覺不出，這是他第一次見到事務所出現的鬼魂。絲毫沒有意外，也沒有興奮。

就像他早就知情一樣。

但怎麼可能？

「而且，你知道她在說謊？」

「嗯。」

林少恆驚愕地回望王向智。腦中許多過去一團一團像迷霧的東西，逐漸散去，然後再度成形，變成一堆林少恆從來沒想過的物質。

「里奧1號，就是你送給我的，對吧？」林少恆指的是，最一開始，他從那名尋找爸爸的小男童取得的神祕包裹。

「對，我看男孩急著找人幫忙。而且，我想測試看看你的本性。」他說。「看來我識人的能力還不壞。」

說話的同時，奎哥一臉迷茫，這兩個傢伙到底怎麼回事？

但他不急，有的是時間，饒富興味地看著眼前變化。

林少恆緩緩走近他的辦公桌，從抽屜取出一份資料夾。是許惠晴拜託警界友人幫忙調查的資料。

上頭印著一把黑色的手槍，然後表頭是有關指紋鑑定報告，以及槍托部位的血跡鑑定結果，血跡的主人是死去的梟凱。

而槍枝上面有四人的指紋。

分別是刑警羅駿，曙光會成員梟凱，條通算命師林少恆以及王向智教授。

出現羅駿和梟凱的指紋理所當然，而林少恆是當下奪槍和撿拾槍械時沾上的，但爲何會有王向智的指紋？這讓林少恆一直感到不解。

直到許惠晴解釋其中更令人困惑的部分，是王向智的指紋集中在槍枝前端滑套部位，這與一般人持槍的握法完全不同。

林少恆一瞬間明白，在爆炸發生後短短的時間，發生了什麼事。

原以爲躺在地上死去的梟凱，接近太陽穴的方形凹洞致命傷，並非天花板鐵架掉落所致，而是王向智反握槍枝滑套，像錘子一樣，用槍托底部砸出來的。

但如果是因爲梟凱要殺自己，而氣憤之下殺人，教授應該會選擇開槍才對。更何況王向智和梟凱之間應該還有一堆雜物，這樣也比伸手過來敲擊他腦袋省力。

「空包彈。因爲槍裡的子彈沒有彈頭，所以無法從遠距離殺人。」林少恆翻開警方報告說：「不只你無法開槍殺死梟凱，更重要的是，他準備在會議結束後對你開槍的計畫，其實根本無法殺死你。我想梟凱到死，也不知道槍裡的子彈居然是假的。我跟他搏鬥過，當時他要殺你的念頭是眞的，看來有人騙了他。同時，也騙了我們。」

王向智沉默著，聽著林少恆的解釋。

「錢正隆和羅駿也是你殺的，對吧？羅駿身上的炸彈，和我在會議中輸入密碼解除的炸彈，出自同一人所爲。上面有很多梟凱的指紋，但我猜他不是單獨犯案，因爲梟凱完全沒有理由殺害錢正隆。」林少恆把資料收回，問：「王教授，你是怎麼說服梟凱的？我完全猜不到。」

「還記得我跟你提過，里奧1號是什麼嗎？」王向智似乎已經接受了現況，從一開始聽到林少恆的推論時，表情就沒有太多驚訝的情緒流露，似乎在決心赴死後，一切都無所謂了。

「它不是一台能預測天災的強大儀器嗎？」

「那只是它的功能。」王向智微笑道：「我應該跟你提過，里奧1號的核心是先進強大的人工智慧系統，因此模仿別人給梟凱下命令，實在太容易了，尤其是他把錢正隆當成不可違背的人生導師。」

「里奧1號騙了梟凱。」林少恆恍然大悟：「所以羅駿也是被你……」

「不是我，是里奧1號。」王向智頓了一下：「羅駿的確欠了錢正隆不少錢，但他只是想跟錢正隆商量，能不能讓他也加入曙光會，利用警方的力量替他當暗樁一起賺錢還債。而里奧1號假裝成錢正隆發了指令給梟凱，要梟凱進行破壞研討會的計畫，只要那個美國教授一死，曙光會又可藉機宣傳海平面上升的災難財，這種事梟凱以前幹過很多次了，因此這次也不疑有他。只是梟凱原以爲羅駿身上的炸藥是要交給錢正隆，讓導師親自去更隱蔽的地點安放，然後一起及時撤離。」

林少恆聽著王向智一系列的計畫，簡直一層又一層，他無法理解居然單靠里奧1號，就把勢力龐大的錢正隆和曙光會弄得一團亂。

「所以……震波誘導設備，也是假的？」

「嗯，就算我是地震專家，我也沒有能力製造那種恐怖的東西，錢正隆也辦不到，是里奧1號刻意誤導錢正隆，讓他以爲自己放在地底的是這種恐怖驚人的設備。而這一切，只是讓你，林少恆，成爲能對抗錢正隆的明日之星，必須在媒體前製造出的一場秀。你也成功做到了，聲勢更勝代表陳舊腐敗的錢正隆。」王向智按著額頭，他感覺腦袋有些昏沉。「我唯一的失策，是你居然出現在研討會現場。」

「如果你死了，我所做的一切，都將失去意義。」他說。

林少恆腦袋像被雷擊般，他終於知道自己在這些事件中扮演的角色。以及王教授最後冒著生命危險重返火場，只是爲了救他。

他是站在媒體聚光燈前的另一個預言家明星。

就如同他剛拿到里奧1號時，林少恆心心念念成爲知名預言家，如今錢正隆不在了，他的確完成了自己的夢想。而這一切，是林少恆自己把自己推上這個萬眾矚目的舞台。

同時，他也取代了與教授敵對的錢正隆，成爲另一個受王向智控制的預言家。只要他以後，還繼續使用里奧1號預測災禍的話。

「我最後拜託你一件事……」王向智已經有些站不穩。

「你說。」

「不管你要不要繼續使用里奧1號，都不要緊。那個人工智慧，是我利用昏迷兒子的性格，與錢正隆共同打造出的系統，我不知道當里奧1號知道我不在之後，會再做出什麼事……如果當你覺得不對勁，請關閉它，我不會介意……只希望你不要像錢正隆一樣，拿來作惡謀財就行……」

「等等……這一切到底是你，還是里奧1號做的？」林少恆追問。

王向智無力地一笑，眼睛閉上。

「幹！藥效發作了。」站在一旁的奎哥突然叫道。

林少恆走到王向智旁，用力將他從地上扶起，好好放到沙發上躺平。

「喂，你到底加了幾顆？」林少恆轉頭說：「如果醒不來，這條算你的。」

「放心啦，跟我平時吃的安眠藥劑量一樣，死了我頭給你。」

奎哥嚷道。

這是一場戲。

一場黑道老大奎哥配合林少恆演出的一場戲。

奎哥在醫院得知當初陽明山上那場火山爆發災難，是林少恆和許惠晴二人冒死開車，將失去生命徵象的自己送醫，才救回一條命時，他就知道這人情債欠得可大了。

當他出院，來到事務所準備付清後酬欠款時，林少恆向他提出這個特殊的需求，奎哥一口便答應。

只是剛才臨時加了不少即興演出，讓林少恆好幾次差點摸不著頭緒，一度以為王向智真的被弄死了。

直到王向智的呼吸沒停，林少恆才鬆了一口氣。

他望著桌上的里奧1號，一時之間，頓時百感交集。

29.

「Y01，代表『從高處推下進行加害』，出自國際疾病分類的編碼系統（ICD）。那時候在錢正隆辦公桌上忽然見到，太過倉促，根本無法一下子聯想起來。」

許惠晴坐在公園長椅上，向林少恆解釋。

「還好妳是這方面的專業，要不然靠我自己查，可能到現在都搞不清楚。」林少恆笑道。

在林少恆得知那晚他們闖進錢正隆的私人宅院，發現印在他桌上的奇怪代碼後，許惠晴又去進行了研究。發現二〇一九年七月，錢正隆牽涉教唆曙光會成員在百貨公司縱火的新聞。那場意外造成許多踩踏和逃生意外，更有許多小孩子，因爲被人惡意推擠墜樓，甚至有人故意造成群眾混亂，而被起訴判刑。雖說他們堅稱是逃生時不小心的，但從監視畫面可見到，有幾名年輕人是蓄意製造推擠和衝突，從手扶梯推落孩童，讓意外發展得更糟。

這些年輕人雖不認識錢正隆，但他們卻與曙光會的臬凱有密切聯繫。而王向智的兒子，正是當天墜落的受害者之一。昏迷至今，尚未甦醒。

「對了，我想問你。」許惠晴轉過頭來：「如果震波誘導設備根本是假的，那火山爆發呢？這跟你當初操作里奧1號有沒有關啊？」

「妳指是不是我不小心按到製造火山爆發的天災按鈕？」

「對啊。」許惠晴說：「我還是很好奇這到底是怎麼做到的？」

「很多時候，災難它就是會發生，只是時間早晚的問題。」林少恆接著解釋：「那時王教授和孫主任提到位於山上的全球定位系統觀測站有三座被人破壞，但其實是王教授自己動手的，目的是讓政府的反應時間不足，以及……他想凸顯我個人的事前預言災難能力優於政府，更強過曙光會錢正隆，很好笑吧。另外，里奧1號本身就是一台強大的智慧系統，只要輸入使用者想觀測的資訊，它就能蒐集任何可取得的觀測資料，即便非法的也行。」

「就像駭客一樣？」

「差不多了，它利用蒐集到的資訊，進行推算未來災難的可能性，不得不說，里奧1號真的非常成功。只是，這也是它的缺點，太強大，同時太無法預料。」林少恆忍不住了皺眉，又說：「另外一件事，王教授直接殺害的人僅有臬凱一人，但考量爆炸前臬凱也打算殺他的情況，法官應該會考慮進去。至於其他一連串的混亂和研討會爆炸案的犧牲者，背後的眞凶檢調恐怕不好釐清。」

「怎麼說？我以爲事情已經明朗了。」許惠晴愣了愣。

此時，一位還算年輕的女性在公園對街向他們揮了揮手，她推著輪椅在公園另一頭的樹下緩緩散步，發現坐在長椅上的林少恆和許惠晴。

「茜如姊，這邊。」林少恆回喊。

她是王向智的太太，是一位護理師，更是一位辛苦照顧自己兒子的母親。

「眞正殺死錢正隆等人的凶手，不是王向智。」林少恆趁著茜如緩步移動的時間說：「王教授把他兒子的個性與思想，以先進的技術複製進到系統中，打造出這款人工智慧系統，或許錢正隆一直都被王向智瞞在鼓裡。而這個名爲里奧的人工智慧，取得無法言語的昏迷兒子思想模式後，暗地開啓一系列的復仇計畫。」

「所以里奧1號覺得自己就是王教授的兒子……它在替自己復仇！」許惠晴眼睛轉了轉，驚呼：「這些資訊你是怎麼知道的？王教授知道嗎？還是他把這一切責任全都攬在自己身上？」

「妳都忘了，我有一群厲害的夥伴。」林少恆指著公園綠地旁，一塊白色的牆面。上頭隱約有個女性的模糊身影正在晃動。

是僅存的女鬼吳文心。

她盯著靠坐在林少恆旁的許惠晴，一臉不爽，但又無可耐何。見到林少恆正在看她，朝他們的方向做個吐舌頭鬼臉，瞬間消失了。

「我以爲妳見得到文心，是因爲妳也有特殊的體質。但後來發現，被瞞得最慘的根本是我本人，一切都是我搞不清楚狀況。是文心自願要給妳看到的。」林少恆笑說：「張誠、瘋狗、吳文心，它們不只不是人，更是三個獨立的人工智慧系統。」

許惠晴困惑的表情，讓林少恆覺得十分有趣。

「這是事後吳文心透露給我知道的。它們才是被設計出來的第一批人工智慧，目的是搜集外界資訊，以及與眞實人類互動的測試品。之前它們協助我處理過很多事務所碰上的困難案件，不管是眞是假，總是能給出線索讓我參考。據它們的說法，就像是要花點時間跟其他地方的鬼魂交流一下，說穿了，其實就是以系統的能力駭到外界的監視系統中獲得資訊。雖說是半成品，但功能早已足夠強大，更能模仿設定好的個性欺瞞眞實與它們互動的人類。惠晴妳曉得爲什麼是我被盯上嗎？」

許惠晴搖頭，今天的談話已經超過她原有的預期太多。

「還記得我提過當年在療養院，有一位逃跑的院方工作人員嗎？原本要替妳爺爺注射藥劑自殺的那個人，他就是年輕時的王向智，一邊在山上從事研究，一邊在院裡打工。當時，我替代他注射了那只針筒，因此也被注意到我之後發生的所有事。或許，王向智是因爲愧疚，所以最後給了我三位逝去友人作爲陪伴和協助。我那間事務所在承租之前，原來早就被他裝了一堆投影和音效設備，難怪鬼魂只能出現在事務所，但沒想到就連里奧1號也有這種功能。」

「而鬼魂們轉述不能對我直接透露未來的限制，也是當初設定它們的智慧系統訂下的規範，或許是還在測試階段，故意安放這個不能違反的規矩。但沒想到張誠和瘋狗人性設定的那面，居然突破了限制，駭入炸彈取得密碼，也導致系統自我滅亡。」

「就像里奧1號那樣，如果不說，復仇根本就是活人才有的想法。」她說。

林少恆伸手進入背包，掏出一個像平板的儀器。

那是里奧1號。

「只要里奧1號在的地方，即使是像公園，也能在附近區域叫出鬼魂的影像。就像剛剛文心偷看我們那樣，挺有趣的。」

「你打算怎麼處理這台儀器？繼續用它預言災難開直播嗎？」許惠晴說：「這

樣聽起來，里奧1號已經是更強大的完成品了，比你原本的鬼魂朋友還好用。」

林少恆沒有接話。

他只是點開里奧1號的畫面，默默在操作系統的個人設定處修改，並給予它一個明確的指令，接著又把畫面關掉。

「你們來很久了嗎？抱歉，剛剛在幫兒子整理外出的衣服，時間耽擱了。」茜如推著一位年約十歲的男孩，他雙眼閉著，斜靠在輪椅上，彷彿正睡得香甜，話說太大聲隨時會被吵醒。

「剛到不久啦，今天天氣很好，想說約大家出來曬曬太陽，偶爾這樣也不錯吧！」林少恆從長椅上站起，笑道。

「嗯，的確是不錯，他也需要照一下陽光。」茜如溫柔地看著兒子。

「咦？這隻小獅子玩偶也帶出來了？」林少恆注意到男孩正抱著那隻他曾在家裡病床旁見到的玩偶，可愛的模樣還有印象。

「對啊，這是他以前最喜歡的玩偶，叫里奧。你看我都還記得，以前一直聽他叫個不停，去哪都要帶，根本忘不掉。」

林少恆和許惠晴互看一眼。

原來如此。

「對了，這個送妳，或許未來等妳兒子醒了，可以給他玩，只是一般的平板電腦而已啦，我事務所汰換了一批，剛好給他放在床邊聽音樂，還很好用喔！」

他遞給茜如一台看似普通的平板電腦。

幾秒鐘前，林少恆把自己的登入權限移除，並給人工智慧系統下了一道新指令。

「辛苦了。從現在起，你只是一般的智慧型平板電腦。」

茜如接過，感激地點了點頭致謝。

「喂，林少恆，有記者……」許惠晴指著公園遠方，是那名曾訪問過林少恆的女記者，正朝他們快步走過來。

林少恆突然感到苦惱，告訴自己未來得習慣這一切改變。

看來我得持續精進算命預言能力。

否則預言大明星的位子，很快就要換人坐了。

他心想。

然後起身主動迎向記者。

後記

十多年前，我在軍中服役擔任救護車緊急救護技術員（EMT），每日隨隊照顧入伍新兵的健康，雖失去自由的日子難熬苦悶，但能貢獻所學並實際運用，仍是一件非常有成就感的事。

記得有一次颱風來襲，部隊前往偏鄉活動中心進行防災駐點，一去就是三天。每晚躺在睡袋，外頭颳大風下大雨，期盼不要有嚴重災情發生，當下的感受與心情，我寫成了林少恆和許惠晴在颱風夜避難撤離的模樣。

退伍後，我在一家面海的專科醫院擔任行政主管一職。寬敞挑高的大廳，有著採光良好的大面積落地玻璃窗，十分美麗。但當颱風來襲時，總是令我和院內工作人員擔憂不已，立刻著手加強，同時確保院內發電機等設備運作無虞。

對從小成長在台灣的人來說，颱風是所有人習以爲常的自然現象，甚至面對無法預料的地震，也是見怪不怪。

我們習慣與這些災難共同生活在同一塊土地，但每回發生足以致災的天災，卻又心痛不已。隨著時間逐漸過去，傷痛也漸漸癒合，然後又是下一個颱風季，以及無法預料的未知地震。

危機似乎一直都潛伏在我們四周，但我們早已習慣與它共存。不曾遺忘，但也不曾放在最在乎的位置，畢竟多年來，我們都這樣走過來了。各種生活上的壓力，房貸、帳單、專案截止期限、考試日期即將逼近，再到各種人情壓力，明日一睜開眼，種種現實的挑戰一定會到來，而災難不一定。既然如此，那又何必如此掛心，日子總得過下去。

但如果災難可以準確預料，那會發生什麼事？

利用一個犯罪類型故事，包裝了令我好奇不已的問題。

而故事裡所有的角色，都有內心想追尋的目標。

三流預言家林少恆渴望成爲預言命理界的大明星，爲名爲利，更追求內心的平靜。

緊急救護員許惠晴渴望彌補未能拯救爺爺的遺憾。

曙光會錢正隆爲了權勢與金錢。

地震學者王向智期盼人類能提早預知災難的美好未來，做足準備，更爲了替兒子復仇。

就連里奧1號，也有自己隱蔽不可告人的計畫與目的。

這是我實際動筆前，琢磨最久的故事，也是下筆後，最短時間內完成的一本書。當一切元素到位，故事就自然而然地發生。

本書能順利完成，首要感謝臺灣防災產業協會的秘書長黃少薇，是她大力支持與提供許多專業意見的諮詢，在共同努力許久後，本書終於順利誕生。

謝謝奇幻基地的總編輯王雪莉、責任編輯張世國、繪師Blaze，以及所有出版社辛苦的夥伴們，讓我這樣一名創作者能盡興完成想講的故事，並給予最充足的自由度與協助。

此外，本書寫作的過程其實充滿挑戰，正值白天工作與育嬰的雙重繁忙期，因此特別感謝家人的體諒與支持，沒有您們，這本書無法在此與各位見面。

在故事結尾，林少恆選擇放棄依靠里奧1號的先進科技，他情願憑藉自身力量，雖有些兩光，不可靠，但那種願意拋棄不可控外力協助的勇氣，面對未來總總挑戰，我覺得挺帥氣的。

期待他未來成爲眞正的預言大明星。

更期盼生活在世上的所有人們，安然度過所有天災的考驗。

林庭毅

境外之城 154

災難預言事務所

作　　者／林庭毅
特別顧問／張詠斌（國立中山大學海洋科學系副教授、古氣候及古海洋學家）
黃少薇（臺灣防災產業協會秘書長、地質學家）
企畫選書人／張世國
責任編輯／張世國

發 行 人／何飛鵬
總 編 輯／王雪莉
業務協理／范光杰
行銷主任／陳姿億
資深版權專員／許儀盈
版權行政暨數位業務專員／陳玉鈴
法律顧問／元禾法律事務所　王子文律師
出版／奇幻基地出版
城邦文化事業股份有限公司
台北市 104 民生東路二段 141 號 8 樓
電話：(02)25007008　　傳眞：(02)25027676
網址：www.ffoundation.com.tw
e-mail：ffoundation@cite.com.tw
發行／英屬蓋曼群島商家庭傳媒股份有限公司城邦分公司
台北市 104 民生東路二段 141 號11 樓
書虫客服服務專線：(02)25007718・(02)25007719
24 小時傳眞服務：(02)25170999・(02)25001991
服務時間：週一至週五09:30-12:00・13:30-17:00
郵撥帳號：19863813　　戶名：書虫股份有限公司
讀者服務信箱 E-mail：service@readingclub.com.tw
歡迎光臨城邦讀書花園 網址：www.cite.com.tw
香港發行所／城邦（香港）出版集團有限公司
香港灣仔駱克道 193 號東超商業中心 1 樓
電話：(852) 2508-6231 傳眞：(852) 2578-9337
馬新發行所／城邦（馬新）出版集團
【Cite (M) Sdn Bhd】
41, Jalan Radin Anum, Bandar Baru Sri Petaling,
57000 Kuala Lumpur, Malaysia.
電話：(603) 90563833　　傳眞：(603) 90576622
E-mail：services@cite.my

封面插畫／Blaze Wu
封面版型設計／Snow Vega
排　　版／芯澤有限公司
印　　刷／高典印刷有限公司
■2023 年10月5日初版一刷

售價／350元

國家圖書館出版品預行編目資料

災難預言事務所 / 林庭毅著　—初版—台北市：奇幻基地出版；
家庭傳媒城邦分公司發行；2023.10
面：　公分 .--（境外之城：154）
ISBN 978-626-7210-82-6 (平裝)

863.57　　　112015015

ISBN　978-626-7210-82-6
Printed in Taiwan.

※ 本故事內容純屬虛構，如有雷同，純屬巧合。

廣　告　回　函
北區郵政管理登記證
台北廣字第000791號
郵資已付，免貼郵票

104 台北市民生東路二段141號11樓

英屬蓋曼群島商家庭傳媒股份有限公司城邦分公司 收

請沿虛線對摺，謝謝

每個人都有一本奇幻文學的啟蒙書

奇幻基地粉絲團：http://www.facebook.com/ffoundation

書號：1H0154　書名：災難預言事務所

請於此處用膠水黏貼

讀者回函卡

謝謝您購買我們出版的書籍！請費心填寫此回函卡，我們將不定期寄上城邦集團最新的出版訊息。

姓名：＿＿＿＿＿＿＿＿＿＿＿＿＿＿　性別：□男　□女

生日：西元＿＿＿＿＿年＿＿＿＿＿月＿＿＿＿＿日

地址：＿＿＿＿＿＿＿＿＿＿＿＿＿＿＿＿＿＿＿＿

聯絡電話：＿＿＿＿＿＿＿＿＿傳真：＿＿＿＿＿＿＿＿＿

E-mail ：＿＿＿＿＿＿＿＿＿＿＿＿＿＿＿＿＿＿＿＿

學歷：□ 1.小學　□ 2.國中　□ 3.高中　□ 4.大專　□ 5.研究所以上

職業：□ 1.學生　□ 2.軍公教　□ 3.服務　□ 4.金融　□ 5.製造　□ 6.資訊

□ 7.傳播　□ 8.自由業　□ 9.農漁牧　□ 10.家管　□ 11.退休

□ 12.其他＿＿＿＿＿＿＿＿＿＿＿＿＿＿＿＿

您從何種方式得知本書消息？

□ 1.書店　□ 2.網路　□ 3.報紙　□ 4.雜誌　□ 5.廣播　□ 6.電視

□ 7.親友推薦　□ 8.其他＿＿＿＿＿＿＿＿＿＿＿＿

您通常以何種方式購書？

□ 1.書店　□ 2.網路　□ 3.傳真訂購　□ 4.郵局劃撥　□ 5.其他

您購買本書的原因是（單選）

□ 1.封面吸引人　□ 2.內容豐富　□ 3.價格合理

您喜歡以下哪一種類型的書籍？（可複選）

□ 1.科幻　□ 2.魔法奇幻　□ 3.恐怖　□ 4.偵探推理

□ 5.實用類型工具書籍

您是否為奇幻基地網站會員？

□ 1.是□ 2.否（若您非奇幻基地會員，歡迎您上網免費加入，可享有奇幻基地網站線上購書75 折，以及不定時優惠活動：http://www.ffoundation.com.tw/）

對我們的建議：＿＿＿＿＿＿＿＿＿＿＿＿＿＿＿＿＿＿

＿＿＿＿＿＿＿＿＿＿＿＿＿＿＿＿＿＿

＿＿＿＿＿＿＿＿＿＿＿＿＿＿＿＿＿＿

請於此處用膠水黏貼